Sonya
ソーニャ文庫

執事の狂愛

桜井さくや

イースト・プレス

contents

序章 005

第一章 016

第二章 065

第三章 153

第四章 192

第五章 225

終章 293

あとがき 318

序章

八年前、あの日の午後も、マチルダは普段と変わりない時を過ごしていた。

四つ下の妹ジョディはかなりのお転婆《てんば》で、少し目を離しただけで見失ってしまう。

そんな時、探し回るのは姉である自分の役目だったが、その日はいつもと様子が違っていた。

「ジョディ、絶対にそこから動いてはだめよ」

「ねぇさま、早く助けてぇッ!!」

目の前にそびえ立つのは樹齢数百年にもなるオークの大木。

幾重にも分かれた枝先にしがみつき、ジョディは顔をくしゃくしゃにして泣きじゃくっていた。

一体どうやってそこまで登ったのだろう。かなり上の枝先で揺れている妹を見て、マチルダは青ざめ途方に暮れる。しかし、すぐに我に返って左右を見回し、呼んだばかりの助けを今か今かと待ち望んだ。

「泣かないでジョディ。良い子だから、そのまま手を離してはだめよ。今、梯子《はしご》を用意してもらっているところなの。あと少しの辛抱《しんぼう》だからね」

「でも、でもッ、さっきから枝が変なふうに揺れるのぉっ、折れちゃうよぅ！」

「えっ⁉」

「パキって小さな音がね、何回も聞こえてくるの。腕も、もう力が入らない。ねぇさま、早く助けてぇ…っ」

ぐずるジョディにマチルダは激しく動揺する。

もう一度周囲を見渡したが、まだ誰かがやってくる気配はない。

木登りなど良家の子女のすることではないというのは、しとやかな母の言葉だ。それに従い、マチルダは今日までそんなことをしたことが無かったが、妹の危機を目の当たりにしてじっとしてはいられない。胸を押さえて呼吸を整え、意を決して目の前の木に手をかける。一刻も早く妹を助けたいという気持ちが強く働き、マチルダは大人たちの到着を待たずに上へ上へと登っていった。

「待っていて、ジョディ。姉さまがすぐに行くからね。そこでじっとしているのよ」

「ねぇさまぁッ」

ジョディを宥めつつ、マチルダは必死の形相で上を目指す。

不思議なことに、この時は恐怖など微塵《みじん》も感じずに自然と身体が動いていた。

ところが、半分ほど登ったところで鈍く軋《きし》んだような嫌な音を聞き、マチルダはハッとして顔を上げる。ジョディのいる方から聞こえた音だった。

「ひっ」

恐怖で小さな悲鳴を上げたジョディは更なる大声で泣き出した。

「ジョディ。ねぇ、ジョディ、泣かないで。大丈夫、もうすぐだからね」

一刻の猶予《ゆうよ》もないと知り、マチルダは歯を食いしばってジョディのもとへ向かう。

やがて妹のしがみつく枝の根元に辿り着くと、左右の足を枝に絡めて安定を図りながら、少しでもジョディの気持ちを静めさせるために笑顔を浮かべた。

「ほら、姉さまはここよ」

「ねぇさまぁ…っ、ひっく」

「ゆっくり、そーっとでいいのよ。ここまで戻って来られる？」

「ん、がんばる」

マチルダが近くに来たことで勇気が湧いたのか、ジョディは涙を堪えて頷く。

とは言え、この不安定な状態で身体の向きは変えられず、お尻から戻らなければならない。しがみついていた手は今にも力が抜けてしまいそうだったが、彼女はマチルダの言葉に従って少しずつ戻っていった。

「ねぇさま、あとどれくらい？」

「あ、危ないから振り返ってはだめよ。あと少しだから頑張って。姉さまはここでちゃんと待っているからね」

「う、うん…」

　ぐすっと鼻をすする様子に、マチルダは懸命に明るい声をかけた。

　ジョディが少しずつ近づいてくる。更に励まし続けると、小さなお尻とふわふわの栗毛が一層近づいてきた。マチルダの方も黙って見ていられなくなり、その身体を早く抱きしめようと目一杯腕を伸ばす。自分のお尻の下からバキ…ッと音が聞こえたが、気にかける余裕などなかった。

「あ、届きそう…っ」

「ほんとう？」

「ほら、私の手が分かる？　ジョディの足に触ったわ」

「あっ、ねぇさまの手だ！」

「その調子よ、ジョディ。戻れたら、すぐに姉さまに抱きついて！」

「うんっ!!」

　ジョディは大きく頷き、足を後ろにぐっと伸ばす。

　一気に距離が詰まり、マチルダは妹の腰に巻かれたサッシュを摑んで自分の方に引き寄せた。

「ねぇさまーッ!!」

「あぁ、よかった！　もう大丈夫だからね。だけど、木登りは二度としちゃだめよ」

「ごめんなさいッ、これをね、ねぇさまにあげたかったの……」

ジョディは抱きつきながら、握りしめた小さな手をそっと開く。

手のひらにあったのは、どんぐりだった。

「……これのためにこんな大きな木に登ったの？」

「下から見たらね、この枝のどんぐりが一番だったから！」

顔を真っ赤にしてジョディは嬉しそうに笑う。

こんな笑顔を見せられては何も言えない。マチルダはジョディの採ったどんぐりを受け取って小さく頷いた。

「ありがとう。ピカピカで綺麗ね」

「でしょ？」

「マチルダ様、ジョディ様!!」

互いに抱きしめ合っていると、近づく足音と共に下から声がかかる。

「キース！」

見下ろした先にいたのはこの家の使用人の息子、キースの姿だった。

誰彼構わず助けを呼んだ時、彼の姿もあったのを覚えている。梯子を持って肩で息をしている姿にマチルダは涙がこみ上げそうになった。

キースの父はこのランズベリー家で家令をしている。マチルダより二歳上の彼はまだ十二歳の見習いだったが、落ちついたそつのない動きや気配りは見惚《みと》れるほどだ。

マチルダもジョディも生まれた時から彼を知っており、穏やかに微笑む黒髪の美しいこの少年のことが大好きだった。

「少し遠いですが、この梯子まで下りて来られそうですか？」

「……ジョディ、出来る？」

「うん」

「キース、ジョディから下ろすわ」

「分かりました」

キースは梯子を手で支えながら二人を見上げている。

そのうちに他の使用人たちもやってきて、彼と共に梯子を支えた。

「んしょ、ん…ッ」

しかし、お転婆なジョディにとってこの程度は容易《たやす》いことだったらしい。

あんなに泣いていたのが嘘のようにするすると下りていく。マチルダは目を丸くしてそれを見ていたが、ジョディの足が梯子にかかり、やがて地面についたのを確認すると、ようやく胸を撫《な》で下ろした。

「ねぇさまーっ」

両手を広げて笑顔を向ける妹にマチルダも心から喜んだ。

だが、問題はここからだった。冷静になって地面を見下ろすと、この場所はとても高い。木登りなんて今日が初めてだったのに、ここまで登れたことが奇跡のようだ。急激に今の状況が怖くなり、今度はマチルダが木にしがみついて動けなくなってしまった。

「マチルダ様？」

「な、なんでもないの。すぐに下りるわ……」

そう言ったものの、マチルダの身体は動かない。

キースは異変を感じ、すぐに状況を理解したようだった。周囲の大人たちに梯子を任せ、マチルダを助けようと自ら木を登り始めた。

「大丈夫ですよ。すぐに行きますからね」

落ちついた穏やかな声を聞き、マチルダは震えながら頷く。

一方で今の自分が恥ずかしくて堪らなかった。妹を助けようとしたとはいえ、出来もしない木登りをして結局は人に迷惑をかけている。恐怖と羞恥、色んな感情がごちゃごちゃになって、キースが助けに来ようとしているのに、それさえ恥ずかしくてマチルダの身体はますます動かなくなってしまう。

「皆、分かっています。マチルダ様は妹想いのお優しい方ですよ」

「キース……」

近づくキースの言葉にマチルダは涙を浮かべた。

――キース、分かってくれた……。

気持ちを汲《く》んでくれたことに安心したからか、無駄に入りすぎていた力が抜けていく。

マチルダは枝に絡めていた両脚を緩め、身体の向きを反転させようとした。枝葉の方角を向いたままでは下りられないと思ったからだ。

「あと少し…っ」

「マチルダ様、ゆっくり。焦らなくても大丈夫ですから」

「ん、うんっ」

ところが、あと一歩のところでマチルダの身体が大きく揺らぐ。

支えていた枝が大きな音を立て、今にも折れようとしていた。

「きゃあっ!?」

「マチルダ様!!」

断続的にバキバキと枝が激しく鳴り響き、ますます身体が傾いていく。

幹にしがみつこうにも身体の向きは中途半端なままで、折れかかっている太い枝から手を離すことが出来ない。キースとジョディ、他にも大人たちから悲鳴が上がっていたが、もはや自分ではどうしようもなかった。

何の手立てもないまま、枝はその根元から完全に折れてしまう。不安定な体勢になっていたマチルダの身体は為す術もなく宙に浮き、激しく葉が揺れる音を間近で聞きながら、真っ逆さまに地面へ落ちていった。

「きゃあああぁあッ」

「ねぇさま――ッ!!」

侍女が悲鳴を上げ、ジョディも叫んでいた。

けれど不思議なことに、先ほどまで誰よりも近くにいたキースの声は聞こえなかった。

ややしてジョディの泣き声を遠くに感じながら、マチルダはその異変に気がつく。頭から地面に落ちたはずなのに、それほどの衝撃も痛みも感じていないのだ。

「マチルダ様…、どこか、痛いところはありませんか……？」

微かな呻きと共に、キースの声がすぐ傍から聞こえた。

マチルダは状況を理解出来ないまま顔を上げる。艶《つや》のある漆黒の髪から覗《のぞ》く翡翠《ひすい》色の瞳が弱々しく揺れていた。

「どこも…、痛くないわ……」

しかし、答えている途中でマチルダは驚愕《きょうがく》に目を見開く。

自分の身体がキースを下敷きにしていたことに気がついたのだ。

「え……、ど…して？」

彼がクッションになっていたと知り、慌てて身を起こそうとする。

だが、彼に強く抱きしめられて身動きが取れず、見上げることしか出来ない。

「本当によかった……」

ほうっと息をつき、キースは柔らかな微笑を浮かべた。だが、その瞳の奥に陰りを感じてマチルダは眉をひそめる。彼の方こそどこか痛いのではないかと思った。

「キース…？」

と、その直後、今まで抱きしめてくれていた腕から力が抜け、地面に落ちていく。

マチルダは動揺してキースの身体を揺さぶるが、僅《わず》かに眉を動かすだけで彼は何も答えない。代わりに額に伝う赤い血に気づいてマチルダは声を上げた。

「誰か、誰か!! キースの手当てを！」

身を起こして叫ぶと、既に二人の周りには使用人たちが囲んでいた。

皆一様に蒼白な顔をして枝葉を掻《か》き分けていく。その中の誰かが「大変なことになった」とキースの足を見て呟くのを耳にした。

「な、に…？」

ふと、侍女の後ろに隠れてぶるぶる震えるジョディと目が合った。

嫌な予感を抱きながらマチルダは恐る恐る振り返る。そして、キースの両脚がそれぞれ不自然な方向に向き、折れた太い枝が重く伸し掛かっているのを目の当たりにして、掠《かす》れた悲鳴を上げた。

「っひ……ッ、う、うそ……」

一目で分かる惨状《さんじょう》。本当に大変なことになってしまった。

それなのにキースは微笑を浮かべていた。痛みで小刻みに震える腕を伸ばし、優しく撫でてくれるのだ。

「大丈夫ですよ。これくらい何でもありません。それよりも、マチルダ様に何もなくて本当によかった……」

温かい手が何度も何度も頬を撫でる。

こんな時でもキースは弱音を吐かない。その穏やかな笑みさえ崩そうとしなかった。

「ごめんなさい…っ、ごめんなさい！　私の代わりに…っ、ごめんなさい――!!」

マチルダはキースにしがみつき、泣きじゃくりながら何度も謝罪する。

今の状態を見て彼の足が元通りになるなど、とても想像出来なかった。

「マチルダ様、どうか私などのために泣かないでください」

背中をぽんぽんと撫でられ、耳元でそっと囁《ささや》かれる。初めて抱きしめられたキースの腕は苦しいくらい優しくて、とても温かくて、何も言葉が見つからなかった。

「皆で力を合わせよう！　こいつをどけたらキースの足をその辺の枝で固定するんだ!!」

大人たちのかけ声で大木の枝がどけられていく。

すぐにキースはどこかへ運ばれ、マチルダも後を追いかけようとした。だが、小さな切り傷をいくつもつくっていたマチルダも別の場所へ運ばれてしまい、その後のキースの容態を見守ることは出来なかった。

「ごめんなさい、ごめんなさい。キース、ごめんなさい……」

マチルダは夢でも現実でもうなされながら、彼の無事をひたすら祈り続けた。

自分の傷など、このままで構わない。だからどうかキースの足を元に戻してくださいと、押し潰されそうな胸の中で謝罪を繰り返しながら、彼と再会するまでの一週間を過ごしたのだった――。

第一章

「マチルダ様、今朝はゆっくりでしたね」

目覚ましの紅茶の香りに起こされ、マチルダは目を開ける。

身を起こしてぼんやりしながら横を向くと、穏やかに微笑むキースが立っていた。

「……おはよう、キース」

「おはようございます」

先ほどまで見ていた夢が鮮明すぎて、じっとりと嫌な汗をかいている。

彼は濃いめの紅茶をカップに注ぎ、ミルクをたっぷり入れていた。いつもの光景にほっと胸を撫で下ろし、マチルダは確かめるように彼の両脚をじっと見つめる。

――大丈夫。今のキースは自分の足でしっかり立っているもの……。

幾度となく見た悪夢は、八年経った今でもマチルダを追い詰める。

キースの怪我《けが》は骨折だけに留まらず、腱《けん》までもが断裂し、当初は一生かかっても元には戻らないと言われたほど深刻なものだった。

立ち上がることさえ出来なくなっていた彼に重い責任を感じたのは言うまでもない。

マチルダはキースを自分の傍に置かせて欲しいと強く願い出て、彼の世話を自分が引き受けるつもりで傍付きの使用人にしてもらったのだ。

しかし事故の直後、マチルダの父が中心となって動いてくれたことが事態を大きく変えた。

『キースは娘の恩人だ。何があろうと元どおり動けるようにしなければ申し訳が立たない』

ランズベリー家に代々仕えてきた一族であるキースに最大限の誠意を見せ、国中の医者という医者に診せて様々な治療を施し、事故から二年近くかけて彼の足はようやくまともに動くようになったのだ。

それでもマチルダが彼を傍に置き続けたのは、贖罪《しょくざい》のつもりだった。

なのに彼は一度もマチルダを責めたことがない。

それどころか、足が動かない時でさえ髪の結い方や着付けの方法、マチルダの世話に関するほとんどを侍女たちから教わるなどして、全て修得することを自らの役目と課したのだ。

傷に障《さわ》ると何度も止めたが、じっとしているのは性に合わないのだと笑顔で躱《かわ》されてしまう。気を紛らわせることも必要なのだろうと思い、マチルダも彼のすることを強く止めようとはしなかった。

　その結果、キースは必要以上に何でも出来る傍付きの執事として、今では一日の大半をマチルダの傍で過ごしている。

「顔色が少し優れませんね。夢見が悪かったのでしょうか？」

　些細《ささい》な変化でもキースは本当によく気がつく。

　マチルダは自分好みの紅茶を味わい、曖昧《あいまい》に笑いながら首を横に振った。

「そんなことないわ。どんな夢かも忘れてしまったもの」

「そうですか…」

「本当よ」

　頷きながら彼の足を無意識に見てしまう。

　あの夢を見た後は、キースが動けることを繰り返し確認しないと気が済まなかった。

「マチルダ様、そういえば昨日苺《いちご》が手に入ったんです。午後にでもジャムにしていただきましょうね」

「え、時期には少し早いでしょう？」

「早摘《はやづ》みのものを分けてもらったんです」

　キースはにこにこしながら飲み終わったカップを手際よく片付けている。

　早くも午後を楽しみに思いながらも、『昨日』ということに若干の引っかかりを覚え、ティーワゴンを部屋の外へ運ぼうとする彼の足取りをじっと見つめた。

何だかいつもより足の運びが鈍い……？

誰も気づかないほどの些細な変化にマチルダが違和感を覚えた瞬間だった。

キースの膝がガクンと折れ、突然床に手をついた。

「キース!!」

慌ててベッドから飛び降り、キースの傍へ駆け寄る。

彼は僅かに顔をしかめていたが、膝をさするマチルダの手に驚き、ようやく自分に何が起こったのかを理解したようだった。

「あ、ティーセットは無事なようです。申し訳ありません」

「そんなことはどうでもいいのよ！」

「マチルダ様？」

「キース、あなたが昨日、午後から休みが欲しいと申し出たのは、もしかしてこのためだったの？　まさか一人で苺を摘みに行ったんじゃ…」

「そんなに怖い顔をしてどうしたのですか？」

ぶつぶつ呟くマチルダをキースは不思議そうに見ている。

そんな彼に憤るマチルダだったが、こうなった原因が自分にあることを唐突に思い出して頭を抱えた。

『美味しそう。もうすぐ苺の季節ね』

何日か前のこと、マチルダは読んでいた本の挿絵を見て何気なくそう呟いたのだ。

普通ならそこで終わる話だ。実際、あの時もキースはニコニコと相槌《あいづち》を打っていただけだった。

けれど、彼はそんな何気ない言葉さえ聞き流さない。無理をすれば今でも彼の足はこうなってしまうのに、マチルダに喜んでもらいたいという一心で誰の手も借りようとせず、一人で行動してしまう時があるのだ。

それが分かっているから、うっかりしたことを言わないようにある程度は気をつけていたのだが……。

「久しぶりにマチルダ様の望みを伺えたのが嬉しくて。ご心配をおかけして申し訳ありません」

黙っていると彼はすまなそうに謝罪する。

マチルダは首を横に振り、手を止めてキースの膝に頬を寄せた。

「マチルダ様？」

「もっと自分を大切にして。それだけでいいの」

身を挺して助けてくれたあの日の悪夢は時々こうして蘇《よみがえ》る。

元に戻ったようでキースの足は戻っていないのだと……。

「キース、痛い？」

「いいえ」

「……」

「マチルダ様、あれはもう昔のことですよ。私にとっては、マチルダ様が無事だったことの方が嬉しかったのですから」

キースはふわりと微笑み、翡翠色の瞳をまっすぐマチルダに向けた。

間近で見た柔らかな表情にドキッとして、思わず頬を染めて俯《うつむ》く。

「さすっていただいたお陰で、そろそろ動かせそうです。すぐに片付けて来ますので戻ったら髪を整えましょう。ああ、その前に着替えが必要ですね。侍女を呼んできます」

力が入るようになったらしく、キースはゆっくり立ち上がる。

しかし、ティーワゴンを押す手元が濡れていることに気がつき、マチルダは慌てて彼を引き止めた。

「キース、待って。倒れた拍子に紅茶がかかってしまったみたい。熱くはない？　火傷をしたんじゃ……」

「大丈夫ですよ」

彼はそんなふうに答えたが、マチルダはベッドの傍に置いたハンカチを取りに走った。

素早く駆け戻り、紅茶が染みた袖口《そでぐち》にハンカチを押し当てながら、本当に熱くなかったのだろうかとこっそり彼の顔を覗き見る。心なしかキースの口元はいつもより優しく綻《ほころ》んでいるようだった。

「ありがとうございます。綺麗にしてお返ししますね」

やがて彼はハンカチを受け取り、蕩《とろ》けるような微笑を浮かべた。

マチルダはまた真っ赤になって俯く。速まる鼓動を抑えようと胸に手を当て、部屋から出て行くキースの背中をひたすら目で追いかけていた。

❀　❀　❀

朝の食事が終わった後、マチルダは父に呼ばれていた。

部屋の扉をノックすると、父は威厳のある立派な髭《ひげ》を綻ばせて、いつものように温かく迎えてくれた。隣には母をぴったり寄り添わせ、仲睦《なかむつ》まじい二人の姿にマチルダも自然と笑みがこぼれてくる。

「座りなさい」

言われるままにマチルダは示された椅子に腰掛ける。

父と母は前に置かれたソファに座り、マチルダを見て眩《まぶ》しげに目を細めた。

「時の流れは早いものだな。子の成長は嬉しくもあり、少しばかり寂しいものだ」

「お父様……」

「改めて話すべきか迷ったが、一生を決めることだ。やはり少し話しておきたいと思ってな」

「はい」

マチルダは素直に頷き、言葉の先を黙って待つ。

けれど、父が何の話を切り出そうとしているのか、頭の中ではもう分かっていた。

「マチルダもジョディも、私にとってこの上ない自慢の娘だ。おまえたちを産んでくれたエミリアには感謝するばかりだ」

「あなた……」

父の言葉に母は遠慮がちに目を向ける。

そんな母の肩をそっと抱き寄せ、父はすぐにマチルダに向き直った。

「しかしながら、我がランズベリー家には男子がいない。周囲の目も世継ぎ問題になると、多少厳しくなるのが哀しき定めではある。……マチルダ、おまえに荷を背負わせなければならないことを、とても心苦しく思っているよ」

「……」

「だが、私は少しも心配していない。おまえの夫となる男は我がランズベリーの血を引く男だ。姉君が嫁いだ先で生まれた彼と共に、いずれこの地を守り立ててくれると信じている。マチルダ、彼は――ヴィンセントとは幼い頃から何度も会っているな。互いによく知った仲でもある。おまえが十八歳になった暁には、正式にこの家の一員として迎え入れることも既に決まった話だ」

「はい」

「しかし、そこでふと気がついたのだ。考えてみると、今まで本人に気持ちを問いかけたことがなかったとな。見る限りでは、なかなか相性が良さそうに感じていたのだが。どうだ、マチルダ。ヴィンセントとは仲睦まじくやっていけそうか？」

問いかける父の目は厳しくも優しい。

マチルダは背筋をぴんと伸ばし、微かに震えた指先を隠すように握りしめる。迷うことは許されなかった。

父は国境沿いを治める辺境伯という地位に就き、他の貴族より力を与えられている。極めて堅実な父は過度な税を人々から取り立てたりはしない。他国との交易も積極的に進め、通商の要所として賑《にぎ》わせ、国を潤《うるお》わす役を果たしている。そんな父は歴代の辺境伯の中で最も信頼が厚い領主として民から慕われていた。

親に決められた結婚はそんな家の娘に生まれた者として当然の宿命だ。本来なら本人の意思など関係なく進んでいく話でもある。だから、多少でも娘の気持ちを慮ろうとする父の想いにどう答えるかは、決まりきったことだった。

「心配はいりません。ヴィンセントは優しい人ですから」

マチルダは父と母を交互に見つめ、にっこりと微笑む。

この二人の娘として生まれたことを誇りに思っている。厳しいけれど優しい父、慎《つつし》みを持って寄り添う母。彼らに恥じないよう生きていかねばならない。

本当のことを言えば、婚約者のヴィンセントとはうまくやっていける自信がなかった。マチルダに対しては優しさとは違う一面ばかりを見せているからだ。だとしても、彼は父とは良好な関係を築いている。いずれこの領地を任される者として重要なことだった。

「それを聞いて安心した。時間を取らせて悪かった」

「いいえ」

「後でワインを部屋に届けよう。今年のも、なかなかいい出来なんだよ」

「はい」

趣味でやっている葡萄《ぶどう》畑から父はワインを作っている。

毎年大量に作って領地の人々にも振る舞い、大変な評判を呼んでいる代物だ。

今年も素晴らしいに違いない。結婚話には憂慮しつつも、ワインの出来を楽しみに思いながらマチルダは笑顔で部屋を後にした。

そして、自室に戻ろうと長い廊下を歩いていた時だった。

階段の傍に立つキースを見つけたので、マチルダは何気なく声をかけようとした。

「キー…、……ッ、……」

だが、言いかけてすぐに口を噤む。

彼の前には侍女が立ち、二人は笑顔で言葉を交わしていた。マチルダはさっと柱の陰に隠れ、息をひそめてその姿を目で追いかける。傍目《はため》で分かるほど一途にキースを見つめる侍女の眼差しが、恋心によるものだとすぐに理解出来た。

マチルダの胸に痛みが走り、心臓が大きく鳴り響く。いつだったか、キースの漆黒の髪が綺麗だと誰かが噂しているのを耳にしたことがある。翡翠色の瞳に見られると胸が痛くなるとも言っていた。

キースは誰にでも分け隔《へだ》てなく接し、誰からも好かれる人間だ。彼を特別に想う女が一人や二人ではないことくらい知っている。頬を染めた女性が彼を見つめる姿を目にするのもこれが初めてではなかった。

「そう、よ。初めてじゃないもの……」

分かっている。彼の優しさが自分だけのものでないことくらい。

少し特別なのは、人より多く一緒にいられること。傍付きの執事にしたまま、マチルダが彼を手放さないからだ。

「もう…。お父様に心配いらないって答えたばかりなのに」

両手で顔を覆い、思いどおりにならない自分の感情に辟易《へきえき》する。

こんな自分は誰も望まない。早く平静を取り戻さなければ。

そう自分に言い聞かせ、マチルダは反対の廊下を使って部屋に戻ろうと踵《きびす》を返した。

「マチルダ様」

ところが、何歩か進んだところで声をかけられた。

振り返ると、キースが笑顔で追いかけてくる。胸が苦しくなり、ぐっと手を握りしめた。

「旦那様のお話が終わる頃かと思い、待っていたんです」

「そ、そう」

「あちらの階段を使うのですか？　遠回りになりますが」

「それは……」

口ごもりながら、彼がいた階段の方にチラッと目を向ける。

つい先ほどまで頬を染めていた侍女が寂しげに自分たちを見ていたことにドキッとして、マチルダは慌てて顔を背けた。

「た、愉しげに話をしていた、から…ッ、邪魔をしては、いけないと思っ…て」

「あぁ、彼女はここで働いてまだ日が浅いようで、悩みを相談されていたんです。本当は同性の方がよかったのでしょうが、たまたま私が通りがかったので藁《わら》をも掴む思いだったのでしょう」

「そ、そう…なの？」

「はい、大した助言は出来ませんでしたが」

「何て？」

「え？」

「その、キースは何て答えたのかなって……」

「まずは笑顔を心がけてみましょうと、それだけ言いました」

「そう…」

澱《よど》みなく答えるキースの目に嘘はない。

彼にとっては本当にそれだけのことだったのだろう。

キースは誠実な人間だ。相談されれば親身に対応する。そんな彼を好きになってしまうことだってあるに違いない。現に先ほどの侍女は彼をそんな目で見ていた。

考えるだけで嫌な気持ちが膨《ふく》れ上がり、胸の奥が大きく軋む。

自分以外の誰かが彼に好意を寄せるのを、どうしようもなく嫉妬《しっと》してしまっていた。

「あの、マチルダ様。お話があるのですが……」

しかめ面で俯いていると不意に話しかけられ、ハッと顔を上げる。

もの言いたげな眼差しのキースと目が合った。

「どうしたの？」

「……」

「キース？」

「あ、いえ…、何でもありません」

マチルダはらしくない彼の様子に首を傾げる。

彼は言葉を濁《にご》すことを滅多にしない人だ。しかし、ここ何日かキースは何かを言いかけ、目が合うと止めてしまうということを何度も繰り返していた。いつになってもそれを口にしようとしないので問いかけようともしたが、すぐに違う話題を振られてしまうのだ。

「旦那様とは、どんな話をされていたのですか？」

「……ッ、それ、は」

今もまた、振られた話題で簡単に動揺してしまう。

つい先ほどの父との会話が今の自分を責め立てていた。

「これからのことを、少し話しただけよ」

その言葉だけで、きっと彼は全てを察したに違いない。

これからのことなど、マチルダにとってはたった一つしかないのだから。

「……マチルダ様は、もう十八歳になられるのですね」

微かな呟きがマチルダの胸を抉《えぐ》る。

──私はキースと添い遂げることは出来ない。十八歳になったら他の男のものになる。

頭では分かっていることなのに、心がバラバラになりそうだった。

それでも、この感情は絶対にねじ伏せなければならない。好き嫌いより優先しなければならないものが、世の中にはあるのだから──。

❀　❀　❀

想いをひた隠し、それでも月日は流れていく。

マチルダが十八歳になる半月ほど前にもなると、親交の深い貴族たちがランズベリー家に招待されて続々と集まり始めていた。彼らはマチルダの誕生日を祝うと同時に、婚約者との正式な結婚の発表をその場で聞く立会人としての役目も果たす。国の要所を任されるランズベリー家にとって、この結婚は国の行く末をも左右する重要な意味があった。

「やぁ、マチルダ。元気そうだね」

部屋で休んでいると、若い男が突然顔を覗かせる。

当たり前のようにマチルダの手にキスをするのは、数か月ぶりに会う婚約者の姿だった。

「……ヴィンセント、久しぶりね」

「少し見ないうちに、また見違えるほど美しくなったみたいだ。今日のドレスに君のプラチナブロンドの髪がよく映えていて、本当に綺麗だよ」

「ありがとう」

「ところで、いつも君の傍にぴったりくっついている彼は？」

ヴィンセントはきょろきょろと部屋を見回している。

誰のことをさしているかは聞くまでもなかった。

「キースなら他の執事に呼ばれたみたいで、少し外しているわ」

「へえ、そうなんだ」

「どうして？」

「いや、君の傍に彼がいないなんて珍しいからね」

「……そういう時もあるわ」

マチルダは曖昧に笑って、首を横に振る。

キースが出て行ったのは少し前のことだった。客に出すワインの数が足りるとか足りないとか、そんなことを相談されて出て行ったのだ。彼は四六時中マチルダの傍にいるわけでなく、他の執事と同様の仕事もこなしている。ワインの管理は執事がしていることもあり、そうして呼ばれるのは不思議なことではなかった。

しかし、このタイミングでヴィンセントが現れたことは、マチルダにとって喜ばしいことではなかった。

キースがいないと知るや否や、彼は僅かに唇を歪ませる。うっとりした顔でマチルダを見つめ、摑んでいた手を腰に回され、ぐっと彼の方へと引き寄せられた。

「何を…っ」

「少しくらい、いいだろ？　減るものじゃないんだから」

戸惑うマチルダを引き寄せたまま、ヴィンセントは耳元で怪しく囁く。

首に息がかかり、びくんと震えてしまうのを彼は楽しげに笑った。

「や、やめて。話が違うわ…っ」

「話って何だっけ？　ああ、やっぱり堪らないな。腰の曲線、胸の大きさ。極めつけが最高の血筋…。やっぱりそこらの女とは比べ物にならない」

「やっ!?」

腰に回った手で尻を撫でられ、もう片方の手で左胸を鷲摑みされた。

小さな悲鳴を上げて身を捩らせるが、ヴィンセントは全く手を引こうとしない。首筋をベロリと舐《な》められ、ぞわっとして全身に鳥肌が立った。

「お願いやめてっ。〝まだ〟のはずよ。こういうことはまだ…っ」

「何のことだったかなあ？」

「ヴィンセントッ！」

涙目になりながら、マチルダはヴィンセントを突っぱねた。

少しでも距離を取ろうと窓際に逃れるが、ヴィンセントはそんなマチルダを笑いながら追いかける。とても愉しげに、獲物を狩る目つきで追い詰めようとしていた。

「や、待って。ヴィンセント待って！」

「どうして抵抗するの？　いずれはこれ以上のことをするのに？」

「だけど今はまだ」

「君さえ黙っていればいいんだよ」

「あ…っ！」

「そうやって怖がる姿にぞくぞくしてしまうよ。待ちきれなくなりそうだ」

窓際に逃げたマチルダはあっさりヴィンセントに捕まり、再び腰を引き寄せられていた。

彼は慣れた手つきでマチルダの顎を上向かせる。キスをしようとしていると分かったが、上向かせる手の力が思いのほか強くて背けられない。生温かい息が唇にかかり、吐き気を催しながらきつく目を瞑った。

「――ヴィンセント様。お戯れにはまだ早いかと」

ところが、寸前のところでキースが現れ、二人の間にぐっと腕を挟み込んできた。

窓際に追い詰められていたマチルダは手を掴まれ、キースの方へと引き寄せられる。身体をよろめかせながらその胸に飛び込む形となり、助かったと息をつく間もなく心臓が大きく跳ねた。

「……あぁ君、もう戻ったの？　ノックがなかったから気づかなかったよ」

「それが許されている身ですので」

「ああそう。だけど、キスくらいで相変わらず手厳しいね」

眉を寄せ、ヴィンセントは不機嫌そうに呟く。

けれど、キースが現れた途端に彼は大人しく引き下がった。結婚前は一切の手出しをしてはならないというのがランズベリー家との約束事で、ヴィンセントはそれを厳しく監視するキースを警戒しているからだ。

「確かにまだ早かったね。もうじきマチルダが僕のものになると思ったら、気が急いてしまったんだ。ごめんよ、驚かせるつもりはなかったんだ」

ヴィンセントはころっと表情を変えて笑顔でマチルダに向き直る。

変わり身の早さに眉をひそめるも、マチルダは首を横に振り、「こちらこそごめんなさい」と謝った。

「じゃあ、僕は叔父さまのところへ挨拶《あいさつ》に行ってこようかな。早く君に会いたくて、先にこっちへ来ちゃったんだ。それじゃ、今日の夜会でまた」

「ええ、また」

マチルダが頷くとヴィンセントは軽く手を振る。

それで出て行くかと思いきや、彼は一瞬だけキースに目を移し、くすっと小さく笑った。

「……〝おつかれさま〟」

ぽん、とキースの肩を叩き、ヴィンセントは部屋を後にする。

気のせいか、その背中はどこか浮かれているように見えて奇妙な気持ちになった。

しんと静まり返った部屋の中、マチルダは隣に立つキースの横顔を見上げる。珍しく顔が強張《こわば》り、鋭い目つきで閉まった扉を睨《にら》んでいた。

「キース、ありがとう」

「いえ、出過ぎた真似かとも思いましたが」

「そんなことないわ。その…、今日は特に強引だったから」

「何かされましたか？」

「……少し、身体に触れられただけ」

答えると、キースは険しい顔で黙り込む。

けれど、ヴィンセントの行動はいつもそうだった。マチルダの傍からキースが離れたほんの少しの時間、そういう隙を見つけると途端に彼は強引になる。今回のようなことも一度や二度ではなかった。

その代わり、キースが傍にいるとヴィンセントは全く手出しをしてこない。甘い言葉を囁く程度で、逃げるようにマチルダの父のところへ行ってしまうのだ。

だからキースもそれほど強く出たりしない。マチルダが強く訴えないのもヴィンセントを増長させる要因になっているのだろうが、仮にも将来の夫となる相手のことで騒ぐのに気が咎めてのことだった。

「キース、こんなことにまで気を遣わせてごめんなさい」

「いえ、私がもっと早く戻っていれば……」

「ううん、いつも感謝しているの」

笑顔を浮かべると、キースは摑んでいたマチルダの手をさっと放した。

それを少し残念に思いながら、これからのことを考えて憂鬱《ゆううつ》になっていく。今まではキースが守ってくれたが、十八歳を過ぎればそうはいかない。キースに助けを求めてはならないし、そもそも手を差し伸べてくれるはずもない。ヴィンセントの望むままに身体を開き、彼との子を儲《もう》けなければならないのだ。

それなのにマチルダの心は現実から離れていく一方だ。

刻一刻とその日が迫りながら、受け入れがたい気持ちがどんどん強くなる。隙を狙っては身体に触れ、笑みを浮かべているようで少しも笑っていないヴィンセントの好色な眼差しが、どうしても好きになれなかった。

「マチルダ様」

不意にキースが口を開く。

険しい表情のまま見つめられ、ドキッとした。

「ヴィンセント様は……」

そこまで言うが、キースは何を迷っているのかすぐに押し黙ってしまう。

唇を引き締め、もの言いたげな瞳は最近よく見る眼差しに近かったが、今はそれよりずっと強い何かを感じさせた。

「ヴィンセントが、どうしたの？」

彼は何を言おうとしているのだろう。

緊張を覚え、形のいい唇を必要以上に見つめた。

「——いえ。……ヴィンセント様を、お好きですか？」

「えっ!?」

予想外の問いかけにマチルダは狼狽《うろた》える。

何故かは分からないが、彼からそういうことを聞かれることはないと思っていた。胸の奥がすっと冷えて、急に現実を突きつけられた気分になる。

動揺してはいけない。迷いを悟られないよう、何度か小さく息を整えた。

「……す、……、好き、よ。結婚、するんだもの」

本当は冗談でも言いたくなかったが、他に答えが見つからない。

キースは目を逸らして頷き、それきり何も言わなかった。

❀　❀　❀

連日開かれている夜会に出席する人の数はますます増えていた。

マチルダ自身も礼を尽くして一人ひとり挨拶をして回っていたが、連日となると流石に疲労が溜まってくる。始まったばかりだというのに足がふらついてしまい、キースに顔色が悪いと心配されて、早々にホールの隅《すみ》で休まされていた。

「今夜はもうお休みになった方が宜しいかと」

「だけど、駆けつけてくださった方たちに挨拶が……」

「疲れた顔よりも、元気な姿をお見せした方がよほど喜んでいただけますよ」

「私、そんなに酷い顔をしている？」

「マチルダ様はいつも綺麗です。ですが、疲れは表に出やすいものですから」

「そ、そう…」

思いがけず褒められてマチルダは頬を染める。

お世辞でも嬉しいと思ってしまった。よほどのことがない限り、マチルダの意志を尊重して口を挟まないキースの心配が伝わって来たのもある。

そんなやり取りをしていると、妹のジョディが笑顔で駆け寄ってくる。

「お姉様、ごきげんよう。今日もとびきり綺麗ね」

上で纏《まと》めた髪がふわりと零れ落ち、肩で跳ねているのが可愛らしい。真っ白なドレスも彼女によく似合っていた。

「あ、だけどちょっと疲れているみたい。連日だもの、お父様ったら張り切りすぎよね。ところで、ヴィンセントは？　お姉様の体調に彼は気づかないのかしら」

「仕方ないわ。彼はお父様と一緒だから」

「また？　どうして彼は未来の花嫁を置いてお父様とべったりなの？　あの人、いっつもそうなんだから」

呆れた様子でジョディは口を尖らせる。

昔からそうなのだが、彼女はどうもヴィンセントが好きではないらしい。二人でいる時、眉をひそめて彼の文句を言うことがとても多いのだ。

けれど、ヴィンセントは昔からそういう人だったし、今後のためにも父との関係は良好な方がいい。血が繋がっていることもあってか、父の方も慕ってくるヴィンセントを本当の息子が出来たようだと殊のほか可愛がっていた。

ジョディはそれが気に入らないのだ。大好きな父を取られたと思っているようで、今も子供っぽく頬をぷくっと膨らませている。

ところが、そんな幼い表情をひっこめて、ジョディは広間をぐるっと見渡した。何を確認していたのか、ひとしきりフロアに目を向けると今度は思案顔で眉を寄せ、瞬きを繰り返している。

やがて彼女はマチルダの後ろに控えていたキースに向かって思わぬことを口にした。

「ね、キース。今夜はもう引き上げた方がいいんじゃないかしら。あなたもお姉様の顔色が悪いことくらい分かっているでしょ？　お姉様の体調管理はあなたに全て任せているんだもの」

「は…」

「誕生日までに倒れてしまったら大変よ。キースなら何を優先すべきかわかるでしょ？……ね？　だから、この場は私に任せてくれればいいから。その代わり、お姉様はあなたに任せるわ」

ジョディの言葉にキースは唇をきゅっと引き結ぶ。

任せると言われて傍付きとしてのスイッチが入ったようだった。

「承知しました。では戻りましょう」

マチルダの耳元でそっと囁き、キースは自らの身体で人波を掻き分けスムーズに広間から出られるよう誘導していく。二人だけで話を進められたことに戸惑うマチルダだったが、後押しするようにジョディに背中を押された。

「さぁ、行って。お姉様」

「ジョディ」

「今夜だけでもゆっくり休んで。ね？」

「……ありがとう」

礼を言うとジョディは照れたようにはにかむ。

本当は心も身体もかつてないほど疲れきっていた。だから小さな気遣いさえ、今は涙が出そうなほど嬉しかった。

❀　❀　❀

部屋に戻ってすぐにソファに座らされたマチルダは、その頭ではゆっくり休めないでしょうと言われ、キースの手で複雑に結い上げられた髪を解いてもらっていた。

彼の手はいつでもマチルダの気持ちをほぐしてくれる。長く伸びた髪が肩から零れ落ち、それを後ろへ流す指先さえ心地のいいものだった。

何でもそつなくこなす器用さに甘えているうちに、今では身の回りのほとんどを彼に任せきりだ。キースの手を煩《わずら》わせない日があるとすれば彼が風邪で寝込んだり、滅多に欲しがらない休みを取得した時くらいで、年に数えるほどしかない。昨年二週間ほど一気に休みを取ったことがあったが、その時は心の中にぽっかり穴が出来たようだった。

「私ってキースに頼ってばかりね」

「そうでしょうか」

「そうよ。不平一つ言わないから、こんなに甘えちゃって」

「不平など。私は当たり前のことをしているだけですよ」

「私の傍にいることが、キースを縛る枷《かせ》になっていない？　城の中の様々な管理や、他の使用人を纏めたりもしているんでしょう？」

「一人でしているわけではありませんよ。執事は他にもいますから」

「だけどそれは、キースのお父様のことがあったからで……」

言いながらマチルダは段々俯いていく。

彼の父のことを思い出して涙が零れそうになった。

五年前までキースの父はランズベリー家の家令として仕えてくれていたが、その職務の過酷さゆえか、ある日突然帰らぬ人となってしまったのだ。全幅の信頼を寄せ、あらゆる管理を一任していたマチルダの父の嘆きは相当なものだった。以来この城に家令を置くことはなくなり、代わりに執事たち数人でその仕事を負うようになった。

「最後までこの家に尽くせたこと、父は幸せだったと思いますよ」

そう言って、キースは何でもないことのように微笑む。

けれどマチルダはどうしても笑えない。それから一年も経たずにキースの母も突然病に倒れ、半月もしないうちに亡くなるという不幸が続いたからだ。キースはまだ十五歳になったばかりで、傷ついた足が動いて間もない頃だったのに……。

「マチルダ様、今日はどうしたのですか？　私のことなど気にせず、今はご自分のことだけを考えてください」

「だって、今の私がいるのはキースのおかげだもの。これからだって……」

キースの言うとおり、今日に限ってどうしてこんな話をするのか自分でも不思議だった。気持ちが不安定になっているのは確かだろう。誕生日が過ぎて大きな変化があろうと、その先もキースのいない生活なんて考えられない。ヴィンセントとのことだって、キースがいなければ今よりもっと後ろ向きな気持ちになっていたかもしれなかった。

この想いが叶わないことは分かっているし、彼もいずれは妻を迎える日が来るだろう。

それを考えると胸が痛むが、キースさえ傍にいてくれるならそれでいい。何だって堪えられる。だからこそ、負担になっていることがあれば少しでも軽くしたかった。

「キース？」

彼はマチルダの言葉に応えることなく、髪を解く手をピタリと止める。

何気なく振り返ると、もの言いたげな眼差しに見つめられた。またこの目だ。そう思って今度こそわけを聞こうとするが、彼は何事もなかったかのように櫛を通し始める。

「さぁ、綺麗に解けました。話はこれくらいにして、今日はもう休みましょう」

「あの、キース、この前から何か……」

「ああ、その前に着替えなくては。すぐに侍女を呼んでくるので待っていてください」

「え、ええ」

問いかけようとしたが、キースは慌ただしく部屋を出て行ってしまう。

そんな彼の背中を見て妙に胸が騒ぐ。『これからも傍にいます』という言葉が返ってくることを期待していたが、話を逸らされたように思えたからだ。

そんなの気のせいよ。キースの背中が遠く感じるだなんて……。

モヤモヤしたものを感じたが、その後はキースとほとんど会話をすることなくベッドに横になった。普段ならもっと気にしていただろうが、とても疲れてしまっていて、彼が部屋を退出する姿を見送っている間に眠りに落ちていた。

❀　❀　❀

マチルダが疲れて眠ってしまった、その夜のことだ。

深い眠りの中を彷徨《さまよ》っていると、得体の知れない圧迫を感じて急激に意識が戻っていく。

ベッドが大きく軋み、すぐ傍に人の気配を感じてマチルダはふと目を開けた。

「……ん」

見れば、腰の辺りで誰かがベッドに腰掛けている。

暗い部屋にぼんやりと灯りが差しているのは、オイルランプを持ち込んだからだろうか。

その人物はワインボトルを直接口につけて、水のようにごくごくと飲んでいる。身じろぎをしたことでマチルダが起きたと気づいたらしく、振り向いて顔を覗き込んできた。

「——ッ、え…っ？」

「やぁ、マチルダ」

「ヴィンセント!?　ど、どうしてここに……」

マチルダは困惑しながら身を起こそうとした。

しかし、咽《む》せるほどの酒臭さに気分が悪くなり、思い切り顔を背けながら再びベッドに身を沈める。ヴィンセントは相当飲んでいるようで、そんなマチルダに尚も顔を近づけて笑っていた。

「思えば、寝ている君を見たのは初めてだ。あの男にはこんな薄い夜着をいつも見せているのか？」

「あの男…って、キースのこと？」

「他に誰がいるんだい？」

「薄いと言っても無闇に肌を露出しているわけではないわ」

「ふうん。ま、いいよ。やっと二人きりになれたことだしね」

「何を言っているの？　ヴィンセント、こんな夜中に何をしに来たというの？」

「まあまあ、マチルダも飲んで。叔父さまのワイン、美味しいよ」

「んんっ!?」

マチルダは持っていたワインボトルを、いきなり口に突っ込まれていた。

単に酔っているだけなのか、それとも他に意図があるのか、ヴィンセントの表情からはその考えを窺い知ることが出来ない。突然流し込まれた液体に驚く間もなく激しく咽せ、無我夢中でワインボトルをはね除けた。

「げほげほっ、げほッ、げほっ」

「あはっ、ごめんごめん。マチルダにも味わって欲しかっただけなんだ。この芳醇《ほうじゅん》な香り、流石叔父さまだよねぇ。僕、今日はこれで三本目だよ」

「げほ、げほっ、っは、はあ…ッ、げほっ、い、一体何のつもり…」

「何のつもりって、それは本気で言っているの？　決まってるじゃない」

ニヤリと笑い、ヴィンセントはワインをサイドテーブルに置き、マチルダに伸し掛かる。

　何となく予感はしていたが、頬をべろっと舐められたことで否が応でも理解した。彼はキースがやってこない夜中を狙ってマチルダを抱きに来たのだ。

「っひ…、いやあっ、誰かッ、キース!!」

「呼んでもこんな時間だしね」

「約束が…ッ」

「君が誰にも言わなければいいだけだろ。どうせすぐに僕のものになるのに、こんな約束を交わすこと自体が馬鹿らしいんだよ。大体、御馳走が目の前にあるのに僕に我慢しろというの？　大丈夫、痛いのなんて最初だけさ。朝までにはよがり狂わせてあげる」

「やあーッ！」

　酔っているせいか、ヴィンセントはかなり乱暴だった。

　マチルダの夜着を剝《む》こうと強く引っ張るものだから、その度に生地が破ける音がする。

　そうはさせまいと激しく抵抗し、ベッドから飛び出そうとマチルダはもがく。確かに約束事を破ったかどうかは、言わなければ済む話かもしれない。抱かれてしまっても、マチルダはそれを申告することはしないだろう。全ては家のためと思うからだ。

　けれど、この手はあまりにもキースと違いすぎる。優しさや愛情の欠片も感じられない。欲望のはけ口としてしかマチルダを見ていないことは、もうずっと前から分かっていたことだった。

「やめてっ!!」

「――痛ッ」

彼は顔をしかめ、僅かに身を引いた。

もがいているうちにヴィンセントの頬を引っ掻いてしまったらしい。その隙にマチルダはさっとベッドから飛び降りて窓際まで逃げる。しかし、これでは昼と同じだ。追い詰められてすぐに捕まってしまう。部屋を飛び出すには、ヴィンセントを掻い潜りベッドの向こうに行かなければならなかった。

「酷いなあ、爪を立てるなんてどんな教育を受けたの」

「ご、ごめんなさいっ。だけど…」

「ああ、駄目だよ。全然なってない。謝罪に言い訳は逆効果だ。そんなことも分からないなんて……」

「え…」

月明かりにヴィンセントの不愉快に歪んだ顔が照らされる。

一歩ずつ近づくその眼差しは獰猛《どうもう》な獣のようであまりに恐ろしかった。酔っているだけにしては何かがおかしい。これが彼の本性なのだろうか。逃げる場所を探せぬまま、マチルダは次第に追い詰められていく。じりじりと壁際を歩きながら恐怖で身を震わせた。

「本当に謝罪する気があるなら額を床に擦り付けろよ！」

ヴィンセントは突然叫び声を上げる。

そして、驚いて固まっていた次の瞬間、マチルダの身体は壁に叩きつけられていた。

後頭部に大きな衝撃が走り、頭の中にゴッと鈍い音が響く。ぐにゃりと視界が歪み、何が起こったのか理解出来ないまま身体が床に沈んだ。

「……？」

今、私は何をされたの？

頭が痛い。背中も痛い。考えがうまく纏まらない。

そうしているうちに今度は後頭部を押さえつけられ、ゴリゴリと額を床に押し付けられる。ヴィンセントの愉しげな笑い声が部屋に響いていた。

「そうそう、そうだよ。やれば出来るじゃない」

すると今度は腕が摑まれ、乱暴に引っ張り上げられると同時にどこかへ放り投げられる。

柔らかく身体が跳ね、その弾力からベッドに転がされたことを何となく理解した。

「や…っ」

マチルダはぐらつく頭に顔をしかめながらも、かつてないほどの恐怖を感じていた。

彼は普通じゃない。犯されることよりも命の危険を感じ、起き上がってベッドから出ようとする。だが、痛いほどの力で足首を摑まれ、彼の方へ引きずられていく。その拍子に上から羽織るだけだった夜着は難なく脱がされてしまった。

ぐっと肩を摑まれて身体が反転し、伸し掛かるヴィンセントの顔が間近に迫る。彼の手にはサイドテーブルに置いたはずのワインボトルが握られていて、マチルダの裸体を眺めながら旨そうにワインを喉に流し込んでいた。

「ん、…んっ、ぷはっ、思った以上にいい身体だ」

口端からワインが零れ落ちるのも気にせず、ヴィンセントはいやらしい笑いを浮かべる。

そして、彼の右手はマチルダの胸を無造作に鷲掴んだ。男性に初めて直接触れられたショックより、手の強さに痛みが走ってそのことの方が苦痛だった。

「や、いた…ッ、いやあ！」

首を横に振り、信じられない現実にマチルダは身を捩る。

しかし、逃げようとした少しの動きが彼の機嫌を損ねたらしく、忌々《いまいま》しげな舌打ちを聞いた直後、目の前で火花が散った。

「――ッ!?」

マチルダは一瞬キョトンとしたが、少しだけ状況を理解して唇を震わせた。

もしかして、私…、叩かれたの？

頬が燃えるように熱かった。息が上がって勝手に涙がぼろぼろと零れてくる。

呆然としていると、更に反対の頬も裏手で殴られ、ベッドに身体が沈んだ。

一体何が起こっているのだろう。目の前がチカチカする中、追い討ちをかけるように更に叩かれたが、もはやどうしてそうなったのか考えることさえ出来ない。ヴィンセントはその後もマチルダを叩き続ける。恐怖でガチガチと歯が小刻みに鳴り、まともな思考が停止しようとしていた。

「それでいいんだよ。抵抗なんて馬鹿な女のすることだ。君に求められているのは、従順さと淫乱さだけなんだから。どんなことでも僕の好きにさせなくちゃ駄目なんだよ」

涙で霞んだ向こう側は、ヴィンセントの愉しげな笑顔がある。

ドロワーズの紐《ひも》が解かれ、乱暴に脱がされて左の足首で引っかかって止まった。両脚を大きく開かされ、その間にヴィンセントが身体を割り込む。卑猥《ひわい》な笑みを浮かべたその視線は、無防備に晒《さら》された秘部へと注がれていた。

「君のココにも飲ませてあげようか」

クスクスと笑いを零しながら、彼は持っていたワインボトルを傾ける。

マチルダの下肢にワインがドボドボと零れ落ち、冷たさにビクッと震えたが、それ以上は身体が反応しなかった。様々なショックが重なり、動けなくなっていたからだ。

「あはっ、マチルダは淫乱だなあ。びしょびしょに濡れているよ」

「……っ」

「だけど、ちょうどよかった。もう僕のココ、パンパンなんだ。これならすぐに突っ込んでも大丈夫だよね」

答えてもいないのにヴィンセントは一人で納得し、頷いている。

ワインボトルが放り投げられ、ベッドの上で小さく弾む様子をマチルダは無言でじっと見ていた。視界の隅では、ヴィンセントがおぼつかない手つきできつく張った前を緩めていたが、そんな彼の動きが何を意味するのか、既によく分からなくなっていた。

明日、どうしよう。キースに何て説明しようかな……。

　マチルダの思考は違うことを追いかける。ワインの染みたベッドはぐちゃぐちゃで酷い惨状だ。掃除をしたところでたかが知れている。だけど、キースは怒ったりしないだろう。謝ればきっと片付けを手伝ってくれる。想像しただけで涙が零れた。

「――キー……ス……」

　無意識に彼の名を呟き、マチルダは扉の方へ視線を向けようとした。

　そのさなか、熱い何かが秘部に近づく気配があったが、何故かそれはすぐに離れていった。扉へ目を向ける途中、突然現れた黒い影が怒濤《どとう》の勢いで室内を横切り、ベッドに向かって飛びかかってくるのと同時のことだった。

「うぅあああ…っ!!」

　ヴィンセントの姿が突然視界から消え、窓の方から呻き声が上がっている。

　しかし、そのことよりも、マチルダは目の前の光景に釘付けになっていた。目を見開き、唇をぶるぶると震わせたキースがマチルダを覗き込んでいたからだ。

「キース…?」

「マチルダ様っ」

「……ごめんなさい。ベッドが汚れてしまったの」

「――ッ!」

　キースはぐしゃっと表情を崩し、今にも泣いてしまいそうだった。

　その直後に彼はベッドから姿を消す。

「よくもマチルダ様をッ！　よくも!!」

怒りに震えた声で、キースは窓際で踞《うずくま》るヴィンセントに伸し掛かっていた。

その場で数回拳を振り上げ、キースはヴィンセントの襟首を摑んで強引に引きずり、その身体を壁に向かって叩きつける。そのまま何度か壁に叩きつけ、首を絞めながら今度はヴィンセントの顔を殴打していった。肉を打つ鈍い音が絶え間なく響き、その度に潰れたような呻きが漏れてくる。

「…ッ、っぐ、…ひッ、う」

「絶対に許さない！　何があってもあの人を傷つけることだけはッ!!」

キースは悲痛に叫び、それしか知らないように同じ動きを続けていた。

最初はそれをぼんやりと見ていたマチルダだったが、少しずつ事の重大さを認識し始める。彼が殴っている相手が誰で、それが何を意味するのかを——。

「キース、それ以上はだめ…っ！」

慌てて身を起こし、マチルダは声を上げた。

烈火《れっか》の如《ごと》く怒り狂うキースの姿は凄まじく、それで止まるか分からないほどだったが、彼はマチルダの声に反応してぴたりと動きを止めた。

キースは摑んでいた襟首を放し、ゆっくり振り返る。ヴィンセントが床に崩れ落ちるのを気にかけることなく、彼は肩で息をしながらマチルダのもとに戻ってきた。

「私は大丈夫だから」

「駄目です。ここを出ましょう」

「え？」

「少し失礼します」

「あっ⁉」

彼は硬い表情でシーツを引きはがし、ワインで濡れたマチルダの身体を拭い始める。

見ることは許されないと思ってか、その目はマチルダの瞳を見つめていた。そうして濡れた部分を拭い取ると、足首で引っかかっていたドロワーズがぐっと引き上げられ、ウエスト部分の紐をきゅっと結ばれる。放り投げられて床に落ちていた夜着は手で汚れを払われ、両手を上げるよう言われて素直に従うと何の抵抗もなくスムーズに着せられた。

驚くほどの早い着付けにマチルダは目を瞬く。侍女にしてもらうより、よほど手慣れた動きだった。

「機会はありませんでしたが、昔、着付けの勉強したことがあったので」

不思議に思っているのが伝わったのか、彼はぽつりと呟く。

マチルダは納得して頷いた。足が動かない時、あらゆることを学ぼうとキースが努力していた日々を思い出したのだ。

「では、行きましょう」

「え、え？」

キースは突然マチルダを抱き上げ、部屋を飛び出す。

深夜とはいえ、まだ夜会は続いているようで多少ざわついた気配があるが、廊下には人気がない。彼が何を考えているのかは分からないが、ガチガチに強張っていた身体が徐々に弛緩していく。心から身を委ねられる温かい腕の中にいることに安堵して、マチルダはそっと顔を埋めた。

「──うっ、…うぅ」

嗚咽《おえつ》を漏らすと、少しだけ抱きしめる腕に力が入った。

これほど安心出来る場所をマチルダは他に知らない。本当に彼が好きで仕方ないのだと気持ちがこみ上げ、涙が止まらなかった。

❀　❀　❀

キースに連れてこられたのは彼の自室だった。

入るのは初めてだったが、綺麗に整頓された部屋の中は清潔で無駄な物がない。そのことに感心していると、窓際に置かれたソファに座らされた。

「キース、あの…」

問いかけようとするも、彼はすぐにマチルダから離れていく。

しかし、ベッドの近くに置かれた水差しの水を顔を洗うための桶《おけ》に注ぎ、それに浸《ひた》した布を固く絞ると彼はすぐに戻ってきた。

「腫《は》れているので、これを当てておきましょう」

「あ…、ありがとう」

「痛みますか？」

「……少し、ね」

ひんやりした布が頬に当てられ、鈍い痛みが走る。

眉をしかめるとキースの瞳が哀しげに揺らぎ、熱を持った頬にそっと触れられた。

「マチルダ様」

「なあに」

「少し休んだら一緒にここを出ましょう。やはりあなたを置いては行けません」

「え？」

「このままではマチルダ様は滅茶苦茶にされてしまう。今だってこんな…ッ！　体調が悪そうだったので、熱が出ていないかと確認しにきただけだったのに」

「キース…」

「あんなことをされても、ヴィンセント様を好きだとおっしゃりますか!?」

「……」

「心配は要りません。私があなたを連れて逃げてみせます。旦那様に分かってもらえるよう、聞いていただけるまで何年でも待ちましょう。それまではあなたをここには置いておけません。私にはマチルダ様を一人になどさせられません！」

「ち、ちょっと待って。話がよく……」

「さぁ、行きましょう」

戸惑っているとキースは急いた様子で立ち上がる。

けれど、彼が何を言っているのかよく分からず、マチルダは抱き上げようとする腕を摑んで押しとどめた。そもそも置いていくとは何なのか。それではまるでマチルダから離れようとしていたと告げられているみたいだった。

――まさか、そういうことなの？

何かを言いかけては止める彼の姿が頭を過《よぎ》る。もの言いたげな眼差しの正体をようやく摑んだような気がした。

「キースは城を出ようとしていたの？　ずっとそれを言おうとしていたの？」

「……そう、です」

「どうして!?」

問いかけると目を逸らされてしまう。

マチルダは立ち上がって強引に彼の腕を摑んだ。キースはビクッと身体を震わせて黙り込むが、ここで引き下がれるわけがない。尚も力を込めてその腕を摑むと、やがて小さく息をつき、彼は逸らした目をマチルダに戻した。

「――マチルダ様が十八歳になった暁には、傍付きを解任すると旦那様に言い渡されているのです」

「え？」

「言い渡されて、もう一年になるでしょうか。お暇をいただくことは私からマチルダ様に話すまでは口止めいただきたいと、旦那様にお願いしておりました」

「な、どういうこと!?　どうしてキースが辞めさせられなければいけないのッ!?　いくらお父様でもそんな横暴は」

「それは違います。旦那様はマチルダ様の傍付きを解任した後も、他の執事と同じように職務を続けて欲しいとおっしゃってくださいました。私は自らの意志でここを去ろうとしていただけです」

「え……」

「確かに旦那様のお考えはもっともです。私はあなたに近すぎる。結婚後も夫以外の男が近くにいれば要らぬ波風を立てかねません。マチルダ様も想像出来るはずです」

無意識に彼を摑んだ手に力が入っていく。

言っていることも、父の考えも理解は出来る。納得出来ないのは、ここに残る選択肢があるにもかかわらず、自らの意志で彼がここを出ようとしていたことだ。何よりも、それを今の瞬間まで黙っていたということだ。

マチルダにとって、キース以上の存在はいない。添い遂げられなくとも、この先彼が他の誰かを愛しても、振り向くだけで視界に入るこの距離さえあれば堪えられると思っていた。それさえ許されないというのか。彼が自ら離れようとしていたなど、考えたくもない現実だった。

「私が嫌いになったの？」

マチルダはポロポロと涙を零す。

優しく笑う裏で、傍付きでいることが嫌になっていたのだろうか。年を追うごとに何でも任せきりになっていくマチルダを面倒に思っていたのだろうか。

「そんなわけがないでしょう」

「だけど…ッ」

何が本心だったのかが分からなくなり、マチルダの胸は張り裂けそうだった。

けれど、見上げた彼の瞳が哀しげに揺らいでいたことに気づき、動きを止める。僅かに呼吸が乱れ、薄く開いたその唇は小刻みに震えていた。

「あなたを愛しているから…、だから離れなければいけないと思ったのですよ……」

ややしてキースは辛そうに顔を歪め、声を絞り出した。

マチルダは驚きのあまり言葉を失う。何を言われたのか、すぐには分からなかった。

そんなマチルダの手を取り、彼は指先に口づける。伏せた睫毛《まつげ》が微かに濡れているように見えて、胸の奥が摑まれたように痛くなった。

「こんな告白などするつもりはなかった。これまでどおり傍でお世話をさせていただき、あなたに一生を捧げるつもりでいたのに……。なのに現実は本当にままならない。傍付きでなくなれば、日に何度マチルダ様を目に映すことが出来るでしょう？　目覚ましの紅茶を運ぶことも、髪を結うことも、他愛ない会話をすることさえ他の誰かが代わりにするのでしょうか？　そんなことを想像しながら城に留まるくらいなら、いっそあなたが視界に入らない場所へと消えてしまいたかった！」

「キース…」

「ですが、そんなことはもうどうでもいいのです。私の気持ちなど、マチルダ様の人生には何の関係もないのですから…。けれど、これだけは譲れません。あなたを一人で置いて行けない。ヴィンセント様になど絶対に渡せない…ッ！」

初めて見せるキースの感情的な声、表情……。

夢を見ているのだろうか。愛していると彼の口から告白される日が来るなど、あり得ないことだと思っていた。

——私もあなたがずっと好きだったのよ。

言葉が喉まで出かかっていた。これからだってそうだ。本当はキース以外の男になど抱かれたくもない。ヴィンセントと添い遂げるのは嫌だ。とても怖い。

だけど、父と母、ジョディ、領地の人々の笑顔が過ってどうしても言葉に出来ない。唇を噛み締めて必死で気持ちを抑え込む。生まれて初めて自分の運命を心から呪った。

それでも、キースだけは何としても守りたい。彼はヴィンセントを、貴族を殴ってしまった。理由が何であろうと罰を受けるのは免れない。そのうえマチルダを連れて逃げたとなれば、どんな刑が待っているのか想像するのも恐ろしかった。

「キース、まずはお父様に今日のことを説明しましょう。それで……」

「今の旦那様では駄目です。とにかく行きましょう」

「あっ」

父に説明すれば、きっと分かってくれる。

そう思ったのにキースはマチルダを抱き上げ、部屋を出ようとする。こんなふうに突発的に動いたってうまくいくはずがない。彼だって今日出て行くつもりだったわけではないのだから、何の準備も出来ていないだろう。

なのに、抱き上げる腕を突っぱねる勇気が出ない。心からマチルダの身を案じて連れて逃げようとする彼が愛しくて堪らない。どうしたらいいだろう。本心ではこのまま行けるところまで一緒に行ってしまいたかった。

「ここに隠れていたぞ！」

と、その時、部屋の外で怒声が響き、突然扉が勢いよく開いた。

驚く間もなく、数人の衛兵がいきなり二人を取り囲む。キースはマチルダを床に下ろし、自分が盾になって守ろうとしていた。だが、二人ともこの状況を全く理解出来ていない。次から次へと衛兵が部屋に押し入るという異様さに頭が真っ白になっていた。

部屋を埋め尽くすほどの衛兵に囲まれている中で、その間を割って不意に父が姿を見せた。どういうことかと考えを巡らせていると、父は怒りの形相で拳を握った直後、キースに向かって躊躇《ちゅうちょ》なく振り下ろしたのだ。

「きゃあああっ!?」

手加減なく殴られて、キースの身体が勢いよく倒れ込む。

マチルダは悲鳴を上げて彼に駆け寄ろうとしたが、兵に前を塞《ふさ》がれてキースのもとへ行けない。隙間から懸命に手を伸ばすも、彼に届かなかった。

「お父様っ、何故!?」

「とんでもないことをしたものだ。マチルダを襲い、誘拐《ゆうかい》まで企むとは…。そのうえ、止めに入ったヴィンセントにまであのような暴行をするなど！」

「えっ!?」

「キースを連れて行け」

「はっ！」

父はマチルダの声を聞かず、兵に命令を下す。

倒れ込んだキースを数人の兵が羽交い締めにし、それを彼は愕然《がくぜん》とした様子でされるがままになっていたが、すぐに我に返って激しく暴れ出した。

「旦那様ッ、話を聞いてください！　私がマチルダ様を襲うなど…ッ!!」

「おまえの話など聞きたくない。信じていた者に裏切られた私の気持ちがわかるか!?」

「お願いします。話を、どうか話を!!」

しかし、いくら叫んでも父はキースの話に耳を傾けようとしない。

マチルダに近づき、腫れた頬を撫でて強く抱きしめる。

そうじゃない。間違っている。どうしてキースが私を襲ったことになっているの？　どうしてヴィンセントがそれを止めに入ったことになっているの？

「違う、違うわ！　お父様、本当に違うんです。キースの話を……ッ！」

「何を手こずっている。早く連れて行け」

懸命に言い募るが、父はマチルダの声にも耳を貸してくれない。キースが連れて行かれてしまう。どうして誰も話を聞いてくれないの？

「マチルダ様、マチルダ様!!」

「キース!!」

「マチルダ様――ッ!!」

父の手を振り払おうとするも、やはり兵に囲まれて彼のもとへ行けない。これは何なのだろう。どこで何が間違ったのだろう。

部屋の外へ連れ出されながらもキースの叫びが聞こえてくる。「話を聞いてください」と彼は何度も何度も叫んでいた。

すると、その喧騒《けんそう》に紛れてふらりとヴィンセントが姿を現す。キースに殴られた顔はところどころ紫に腫れ上がり、口の中が切れているのか、口端からは血が滲んでいた。

「大丈夫なのか、ヴィンセント」

「こんな時にじっとしていられませんから……。ああマチルダ。無事でよかった」

近づくヴィンセントはニィッと口端をつり上げて笑うが、その奥に見えるはずの歯は何本か無くなっていた。

先ほどの恐怖が一瞬で蘇って身体がすくみ上がる。その隙に父と代わってヴィンセントの腕に閉じ込められてしまった。

「ごめんよ、マチルダ。助けに入りながら、情けない姿を晒してしまった」

「な、に？」

「もう大丈夫だよ。あの男にはきっちり罪を償わせるからね」

「――ッ!?」

耳元の囁きにマチルダはようやく全てを理解する。

キースは嵌められたのだ。こんな馬鹿な男の狂言で、全ての罪をなすり付けられようとしている。

しかも、ここにいる誰一人としてそれを疑っていない。絶望すら感じた。

父でさえマチルダの声ではなく、キースの弁明でもなく、ヴィンセントの言葉を優先している。これまでずっとキースの人となりを見てきたはずなのに……。

「マチルダ？　どうしたんだマチルダ！」

父の声が徐々に遠ざかっていく。

何て冷たい腕だ。ヴィンセントはキースとはこんなにも違う。

マチルダの意識はそこでぷっつりと途切れ、果てしない闇へと沈んでいった――。

第二章

キースが起こしたとされる騒ぎから数日。

今日までその件が明るみに出ることはなかった。マチルダの誕生日まで既に十日を切っており、物事を順調に進めたいと考えるランズベリー候の指揮のもと、表向きは何事もなかった日々が続いていたためだ。

しかし、夜会が開かれても、主役であるはずのヴィンセントとマチルダは、あの日以来公の場に一度も顔を出していない。

そんな状況はマチルダの妹ジョディにも少なからず影響を与えていた。二人が姿を見せない理由を日に何度も聞かれるが、本当のことなど言えるわけもなく、適当に誤魔化《ごまか》すことに神経を注がねばならなかったからだ。

「はあ…、疲れたなあ」

朝食が終わり、ジョディは首をコキコキと回しながら自室へ戻ろうとしていた。

　どこへ行っても聞かれるのは同じことばかり。せっかく来たのに挨拶にも来ないマチルダとヴィンセントについてあれこれ詮索したい気持ちは分かるが、流石に辟易してしまう。

「あら、誰かと思ったらジョディじゃないの！」

「え？」

　不意に後ろから話しかけられてジョディは振り返った。

　ふくよかな中年女性がにこにこしながら歩み寄って来る姿にきょとんとしながらも、すぐさま笑顔を浮かべた。

「おばさま、お久しぶりです！　そのドレスすっごく素敵!!」

「まあっ、相変わらず上手ねぇ！　いくつになったの？」

「十三歳です」

　ジョディは人懐こい笑みを浮かべ、女性に挨拶をする。

　とはいえ、頭の中では盛大に首を捻っていた。招待客のほとんどは上級ホテルに連泊したり、開放したいくつかの別邸を使用している。城に滞在しているのはランズベリー家と特に親しくしている者や親戚に当たる者だけなので、彼女もそうなのだろうとは思うが、数が多すぎてどこの誰だかすぐには思い出せなかった。

「それじゃ、あと何年かしたらジョディもお嫁に行くのね。お相手は確か……」

「はい、バークリー家のジェラルド様です」

「それはまた良いご縁ねぇ」

感心した様子で頷く女性にジョディは頬を染めて笑った。

マチルダの相手はともかく、自分の婚約者については父に感謝している。ジョディは堅物な彼のことが大好きだった。

「……ねぇ、ところでジョディ」

「はい」

「私ね、昨日の夜会で聞いてしまったのよ」

「何をですか？」

女性はいきなり声をひそめ、もっと近づくようにと手招きをする。

言われるままジョディは身を乗り出して彼女に顔を寄せた。

「ヴィンセントとマチルダが姿を見せないのは、暴漢に襲われたからなんですって？　何でもヴィンセントが勇敢に立ち向かって事なきを得たとか……。二人とも酷い怪我だって聞いたのだけど大丈夫なの？」

「え…、それってどこから」

「さぁ、確かな出所までは分からないけれど。昨晩聞いた時は、既に周りの何人かは知っていたみたい」

「そ、うでしたか。でも、その話は事実と違うので、あまり広めないでいただけると…。これだけ人の出入りがありますし、誰が聞いているかも分からない時期なので」

「そうなの？　だったらちゃんとした形で説明していただけるのかしら」

「は、はい。いずれ父から……。二人のために お集まり頂いているのに主役が顔を見せないなんて失礼ですものね。あの、私、用事を思い出したので、これで失礼します」

「あらそう？　もっと話したかったのに」

「ごゆっくり」

ジョディはぎこちなく笑みを作り、そそくさと女性から離れる。

そのまま早歩きで廊下を進み、きょろきょろと辺りに目を光らせ、気心の知れている侍女を見つけるなり彼女に向かって突進していった。

「ハンナ！」

「えッ!?　って、ジョディ様？　一体どうしたんです？」

ジョディは後ろから侍女に思い切り抱きついていた。

突然のことにハンナは目を丸くしている。けれど、誰にでもこんなふうに人懐こく接するジョディには皆慣れているので、必要以上には驚かなかった。

「ちょっとこっちに来て！　教えて欲しいことがあるの」

「何ですか？」

廊下の隅にハンナを引っ張り、ジョディはコソコソと耳打ちをする。

何かの遊びと思ったのか、ハンナは気軽な様子でジョディの背に合わせて僅かに屈んだ。

「キースの起こした例の騒ぎだけど、どこからか話が漏れているみたいなの。出所を知らない？」

「え…っ」

ジョディの言葉にハンナは目を丸くしていた。

この話は明るみには出ていないが、城で働く人間には隠しきれず、ほとんどの者が知っている。父の命令で誰もそれを口にしないだけなのだ。その証拠に、じっと見上げるとハンナは戸惑った様子で目を泳がせていた。

「ねぇ、どうなの？　ねぇねぇ、その顔は知っているということ？」

「それはその…。知っているというか何というか」

「何よ、煮え切らないのね、はっきり言って！」

ジョディは口を尖らせてハンナに顔を寄せる。

しばし彼女は逡巡しているようだったが、しつこさに観念したらしい。きょろきょろと周りを見回し、ジョディの耳元でコソッと囁いた。

「ヴィンセント様ですよ」

「は？」

「旦那様の命令に従って私たちは口を噤んでいます。ですが、ヴィンセント様が仲のいい貴族を部屋に呼んでは自慢げに武勇伝を語っているんですよ」

「何それ、箝口令《かんこうれい》の意味がないじゃない」

「ですよねぇ」

その話にジョディは心底呆れてしまった。

父が箝口令を敷いたのは、このことを家の恥と捉えたからだ。キースはこれまでこの家に代々仕えてきた使用人の一族だ。家族のように大切にしてきたからこそ、公にしないのは父のせめてもの温情とジョディは捉えていた。

ヴィンセントは何を考えているのだろう。これでは父の気持ちが台無しだ。

「ねえ、侍女の間ではキースのこと、どんなふうに言われているの？」

「……少なくとも、キース様を知っている者なら、誰でも信じられないと思っているはずです。彼がマチルダ様を大切にしていたのは誰の目にも明らかでしたから」

「うんうん」

「それに私たち侍女の間では、その…、ヴィンセント様の評判があまり良くないので、余計に疑心暗鬼というか」

「へえ、どうして？」

「手癖が悪いと言うんでしょうか。ヴィンセント様に身体を触られるのは日常茶飯事なんです。それだけでなくキース様がいない僅かな隙に、嫌がるマチルダ様の身体を執拗《しつよう》に触る姿を度々目撃されています。それはもう卑猥な顔つきで…。私たちが目撃しているのに気づいてもヴィンセント様は平然としたものでしたけど、キース様に対してだけは警戒しているようでした。面と向かってそれを注意するのはキース様だけだったので」

「……嘘でしょ、そんなの初耳よ。皆、そんなのを我慢していたの!?」

「それは…。仕方ないです。将来の旦那様ですし」

ハンナは迷う素振りを見せながらも小さく頷く。

それはまるで自分に言い聞かせているみたいだった。しかし、他の貴族家ではどうだか知らないが、このランズベリー家では許されない恥ずべき行為だ。

そのうえ嫌がるマチルダの身体を執拗に触っていた？　婚前に手出ししてはいけないという、互いの家同士で交わされた取り決めがあったはずだ。身体に触れるくらいは数に入らないとでも思っているのだろうか。

「あの、今の話は内密に…」

「当然よ、ハンナたちの信用を失いたくないわ！」

「ありがとうございます」

苦笑しながらも少し嬉しそうなハンナに抱きつき、ジョディはいつもより速く鳴る胸に手を当てる。

何かがおかしい。今回の騒ぎについて、本当は頭の隅でずっとそう思っていた。ヴィンセントのことは生理的に嫌いだったが、腫れ上がった顔や殴られて歯が抜けた姿は同情に値する悲惨さで、それだけを見ると彼の証言が正しいと思ってしまうものだった。

だが、キースがこれまでずっと献身的にマチルダに尽くして来たことは、ジョディの目から見ても充分すぎるほど伝わっている。だからキースがマチルダを襲ったなどと言われても想像がつかず、そんな自分の考えの間で揺れていたのだ。

それなのに肝心のマチルダからは話が聞けていない。元々調子が悪かったこともあってか、昨日までかなりの高熱が出ていたからだ。そのうえ、目を覚ませばフラフラしながら部屋を飛び出そうとするので、落ちつかせるのにも一苦労だった。

しかし、今のハンナの言葉で目が覚めた。このまま黙って見ているだけでは駄目だと。

「ハンナ、ありがとう！　またあとで遊んでね！」

「廊下を走ったら怒られますよ」

「いいのよ、そんなの慣れてるもの！」

ジョディはハンナに手を振って走り出す。

お転婆が過ぎると怒られるなんていつものこと。それでも父は注意した後に元気が一番だと笑ってくれる。強面だけどとても優しいのだ。もし話が行き違っているなら、それを聞いてもらえばいい。

その前にお姉様から話を聞きださなくちゃ。熱があるなんて言っていられないもの。

逸る気持ちを抑えながら、ジョディはマチルダの部屋へ駆け抜けていった――。

❀　❀　❀

ヴィンセントに襲われてから数日、マチルダは一人孤独な戦いをしていた。

頬の腫れも引いて、額の擦り傷も随分よくなってきた。後頭部に出来たこぶも今はかなり小さい。

けれど熱が出てしまったことや、酷い目に遭ったショックで混乱が続いていると思われているようで、何かを言おうとすると皆が無理矢理マチルダを眠らせようとする。埒が明かないと部屋の外に出ようとしても、数人掛かりで引きずり戻されてしまう始末だ。

扉の向こうには衛兵が配置され、出入りする人間も制限されていた。それは不安を和らげようという父の優しさなのだろうが、マチルダにとっては牢獄《ろうごく》に閉じ込められたようで、永遠にも感じられる孤独に押し潰されてしまいそうだった。

「お姉様、熱はもう引いたの？」

ベッドに伏せっていると遠慮がちにジョディが顔を見せる。

振り向いたマチルダの顔を見て瞳を曇らせ、彼女は部屋にいた侍女たちに「二人きりにして」と人払いをしてから部屋に入ってきた。

「そんなに泣いてばかりじゃ、綺麗な青い瞳が台無しよ」

「ジョディ……」

ベッドの横にしゃがみ込み、ジョディはマチルダの肩にそっと手を置く。

弱った心に温もりが刺さり、ぽろぽろと涙が零れた。

「お姉様をこんなに泣かせるなんて、キースは本当に何て酷いことを……」

「違う、違うわ！」

「お姉様？」

「そうじゃないって何度も言っているじゃない！　熱なんてとっくに下がったわ。混乱もしていないのに、どうして誰も話を聞いてくれないの!?」

「落ちついて、お姉様」

「だったら教えて！　キースはどこに連れて行かれたの？」

「……っ」

肩を震わせて見上げるとジョディは顔を強張らせる。

その顔を見て、妹も皆と同じなのかと絶望した。何回聞いたか分からないこの質問には、誰も答えてくれなかった。

真実を訴えようとしても、今まで仕えてきたキースをまだ庇っているのだと思われてしまう。ただ混乱しているだけなのだと同情される。いつまでこの地獄が続くというの。

「お姉様。今日はね、ちゃんと話を聞きたいと思ってここにきたのよ」

ところが、ジョディは思ってもみないことを言う。

見上げると、マチルダの頬に出来た涙の跡を目で追いかけ、ジョディは溜息をつきながらふいと目を逸らした。

「だってやっぱり納得いかないのよ。ヴィンセントの怪我を見ちゃうと彼の言葉を信じそうになるけど、キースがお姉様に暴力を振るうなんてどう考えてもおかしいもの」

「ジョディ？」

「キースはお姉様をとても好きだわ。いつだって心から接してた。そんなこと、誰だって知ってる。……それにお姉様だって」

「……っ」

「お姉様だってキースを好きなことくらい、私、知っているんだから！」

ジョディはそう言い放つと、自分の膝を抱えて前を見据えていた。

驚きのあまり、マチルダは妹の顔を凝視する。誰かに自分の気持ちを気づかれていただなんて想像もしていなかった。

するとジョディはさっとマチルダに向き直り、きゅっと唇を引き締めた。

「お姉様、私は本当のことが知りたいのよ。お父様はヴィンセントの言葉を鵜呑《うの》みにしているようだけど、私はお姉様の口から話を聞きたいの。だから真実だけを語って欲しい。それを約束してくれたら、そうしたら私、お姉様の言葉を絶対に信じ抜くから！」

「ジョディ…」

まっすぐな瞳でそう断言され、マチルダの涙腺が崩壊しかける。

やっと現れた。やっと話を聞いてくれる。絶望の闇に光が射していくようで、それが大好きな妹だったことが震えるほど嬉しかった。

「嘘なんて言わないわ。だからお願い。私の言葉を信じて！」

「うん！」

ジョディは大きく頷く。

大粒の涙がマチルダの両目からコロンと零れ落ち、それをジョディがそっと拭ってくれた。この信頼を壊してはいけない。分かってもらえる努力を自分の方からもしなければと思い、マチルダは深呼吸をして全てを告白する覚悟を決めた。

「――あの日はジョディに顔色が悪いと言われて、夜会を途中で抜けてすぐに眠ったわ。だけど、妙な気配がして夜中にふと目が覚めたの。見るとワインボトルを持ったヴィンセントがベッドに座っていた」

「……ッ、それって」

「ヴィンセントは酷く酔っていて、突然のことに私は必死で抵抗した。だけど、彼はどんどん暴力的になって、抵抗するほど激昂していったわ……。頭のこぶはもがいているうちに彼を引っ掻いてしまって、それに怒ったヴィンセントに壁に叩きつけられた時のものだし、額の擦り傷は謝罪が不十分だと言って床に押し付けられた時のものよ。頬を叩かれたのは逃げようとしたからだった。マチルダも飲みなよと言ってワインボトルを口に突っ込まれて、裸に剝かれて身体にもかけられたわ。全部ヴィンセントがしたことよ！　それをキースが助けてくれたの！　抵抗する気力を失《な》くして犯されかけていた私を見て、ヴィンセントを殴ってしまったの!!」

マチルダは自分が覚えている全てを残らず告白した。

訴えている間、ジョディはずっと青ざめていたが、全てを言い終えると震えながらマチルダを掻き抱く。その温もりにマチルダは子供のように泣きじゃくった。

「何てことなの……」

「ジョディ、お願い信じて。キースが私に暴力なんて振るうわけがないじゃない。このままにしておけないと言って、私を部屋から連れ出してくれたの。その間におかしな方向に話を持っていかれてしまったのよ。何もかもヴィンセントがついた嘘なのに！」

「お姉様…」

ジョディは何度もマチルダの背を撫でる。

頷く様子は自分の中で一つひとつ状況を呑み込んでいるようでもあった。

しばしそうして抱きしめられていると、徐々にジョディの手に力が込められていく。やがてマチルダの肩に顔を埋め、掠れた声が絞り出された。

「……最悪の状況よ、お姉様」

「え？」

顔を上げ、唇を噛み締めたジョディを見つめた。

彼女は何かを知っている。そう確信して、マチルダはベッドから降りて妹の腕を強く摑んだ。ジョディは泣きそうな顔で深呼吸をしていたが、まっすぐな目でマチルダを見つめ、胸を押さえながら口を開いた。

「キースは死罪になるのよ。お姉様に知らせるのは処刑の後…」

「――ッ」

「あっ、お姉様！」

ふっと意識が遠のき、マチルダは床に倒れ込んでいた。

慌てたジョディはオロオロしながらその身体を抱き起こす。

「お姉様、お姉様っ」

声をかけられているうちに意識が戻り、マチルダは妹の腕の中でガタガタ震え出した。

もしかしたら、そうなってしまうこともあるのではと頭の隅では想像していた。だけど想像するのと言葉で聞くのとでは、受ける衝撃が全く違う。

こんな馬鹿なことがあっていいわけがない。どうしてヴィンセントの言葉の方がこんなにも重いの。彼が将来ランズベリーを背負っていく人間だから？　キースの命に代えられるものなんて、この世のどこにもないのに。

「お姉様、どうか落ちついて。とにかくお父様に本当のことを伝えなくちゃ！　全てが終わったわけじゃないわ。だってキースはまだ生きているんだもの！」

その言葉にマチルダはハッとする。ジョディの言うとおりだと思った。

まだ彼が生きているなら、全ての希望が潰《つい》えたわけじゃない。何もせずに時が過ぎるのを待つのではなく、最後の最後まで食い下がるべきだ。

「そう、よね……」

「そうよ！　私も一緒に頼んでみるから！」

大きく頷くジョディを見てマチルダに勇気が湧いてくる。

たとえ、この先二度と彼に会えなくてもいい。キースが生きていてくれるなら、それだけで構わないと思った。そのとき、

——コン、コン。

と、不意に聞こえてきたノックの音に、二人は顔を見合わせた。

この部屋に入れる人間は限られている。父が来たのなら話をする絶好の機会だった。

「マチルダ？　僕だよ、ヴィンセント。開けてくれるかな、少し話がしたいんだ」

しかし、予想に反して扉の向こうにいるのはヴィンセントだった。

心臓が跳ねて、マチルダの顔から血の気が引いていく。指先が一気に冷えていくようだった。

けれど同時にこれを一つの機会だと思う自分がいた。

ここにはジョディがいる。今ここで彼の本性を見せられるかもしれなかった。

「ジョディはベッドの向こうに隠れていて」

「え？　でも……」

「大丈夫だから。ね？」

そう言うと、ジョディは迷う様子を見せながらも小さく頷く。

幼い頃からそうだ。マチルダの『大丈夫』をジョディは素直に聞き入れる。おずおずとベッドの向こうへ行き、「何かあったら出て行くからね」と言って身を隠した。

マチルダは息を整えてヴィンセントを迎える。かつてないほど緊張していた。

「やあ、マチルダ。……随分泣いたみたいだね」

真っ赤に充血した目を見て、ヴィンセントは唇を歪めていた。

部屋に招き入れ、ソファに腰掛ける横顔をマチルダは黙って見つめる。キースに殴られた顔の腫れは随分引いたらしい。義歯も急いで作らせているという話なので、自慢のその顔が元に戻るのは時間の問題だろう。

「――今回は本当に参ったよ」

互いに無言でいたが、やがてヴィンセントが溜息まじりに口を開く。

「まさか、あそこまで殴られるなんて」

「それは…っ」

「こんなことなら君が誕生日を迎えるまでと言わず、傍付きを解消する時期をもっと早めてもらうべきだったな」

「…ッ！　まさかその話、あなたがお父様に要求したことだったの？」

「まあね。だけど、それのどこに問題が？　僕を睨む彼の目は、将来の主人に向けるべきものじゃなかった。いつだって僕たちの間に入って邪魔をしてきたし」

大きく息をつき、ヴィンセントは肩を竦《すく》めている。

この人は何を言っているのだろう。キースは警戒していただけだ。そうしなければならなかったのは、ヴィンセントが必要以上に触れようとするからではないか。

マチルダはぐっと唇を噛み締める。ヴィンセントのことをあんなに恐ろしく思っていたのに、今は怒りしか湧いてこない。

父も父だと思った。どうしてキースだけに解任の話をしたのか。知っていれば、彼が辞める決断をしたことを父に口止めしようが、もっと早く気づけたかもしれない。今回のことだってあまりに酷い。ヴィンセントの証言だけで裁くことに、どうして躊躇がないのだろう。キースのことをマチルダの命の恩人だとずっと感謝していたのに。

父を悪く思いたくないが、これではまるでヴィンセントの操り人形だ。

だけど一番悔しいのは、それを分かっていながらマチルダがこの現状を変えられないことだ。

「ヴィンセント、あなたはとんでもない嘘つきだわ」

「嘘つき？」

「あれがあなたの本性なの？」

「何を言っているんだか」

「とぼけないで！」

「はあ…。今日の君はいつになく攻撃的だね。可愛くないなあ」

ヴィンセントは面倒くさそうに溜息をつく。

マチルダに暴力を振るったことも、キースの命を脅かしていることも、彼にはどうでもいいことのようだった。ソファの肘掛けに頬杖をつき、ヴィンセントは嘲笑《あざわら》うような眼差しをマチルダに向けた。

「マチルダ、君は本当に馬鹿だなあ。この大事な時期に波風を立ててどうするのさ。もしかして、今回のことを告発するつもりなのかな？　僕は別に構わないけどね。不信を買うのは君の方なんだから」

「え？」

「だって叔父さまも他の貴族たちも、どうしてそんな話を信じるの？　今だって僕を全く疑っていないのは君だって知っているよね？　ちょっと考えれば分かりそうなものだけどな。僕も君も怪我を負い、荒らされた部屋から君を連れ去った使用人の男。これだけの状況証拠があれば充分だと思わない？　僕は君の夫になる男だ。襲いに来たなんて誰が信じるの？　だからさ、君が何を言っても僕を貶《おとし》めているようにしか聞こえないよね」

「そんな…」

「君だってこの家が大事だろう？　一番賢い選択が何かを見極めたらどうかなあ」

ヴィンセントは口端を歪めながら立ち上がる。

どんどん近づき、マチルダはその分だけ後ずさった。背中に壁が当たるまで追い詰められ、彼は間近でにっこりと微笑む。

「だからこの先、僕が何をしてもおまえは黙って従っていればいいんだよ」

「……ッ！」

「ははっ、そんなに怖がらないでよ。抵抗したらどうなるか、君はもう分かっているじゃないか。大丈夫だよ、僕はランズベリーの長女として生まれた君を、とても愛しているからね。君には僕の子をちゃんと孕《はら》ませてあげる。一人産み落としたらその次、それが終わったらまた次…。僕好みにランズベリーを作り替えている間、君はそうやって死ぬまで子を産み続けるんだ。きっと余計なことなんて考えていられないよ。あぁ、そうだ。君の周りを世話する侍女は僕のお手つきにしようか。彼女たちの嫉妬を一身に君へ集めさせたらどうなるかな？」

「何、を言っているの？」

「ねぇ、マチルダ。僕たちの未来はこんなにも明るい」

口角を最大限に引き上げ、ヴィンセントは笑う。

マチルダの唇を指先で弾き、嘲笑うような眼差しで密着した身体を離した。

「だけど、それにはアイツが邪魔なんだ。だから処刑してくれるよう叔父さまに頼んでおいたからね。まぁ、最初は戸惑ってたけど。でもほら、口をこうやって開けてさ。折れた歯を見せながら、生きている限りアイツはマチルダを襲いに何度でもやって来るって訴えたんだ。そうしたら、叔父さまはすぐに納得してくれたよ。……はー、よかったよかった。元々彼は邪魔だったから、ちょうどよかったよね」

「…ッ！」

「じゃあ、また来るよ。僕の可愛いマチルダ」

マチルダが声も出せずにいるのを、ヴィンセントは楽しんでいる。震える頬を撫でると手を振って、彼は鼻歌を歌いながら部屋から出て行った。

扉が閉まり、マチルダは壁に背を押し付けながら両手で口を押さえる。

頭がうまく働かない。つまり、キースの傍付きの解消も処刑も全ては……。

「ハア〜〜〜ッ!?」

と、ジョディがベッドの向こうで怒声を上げながら顔を出す。

彼女はベッドをボスボスと叩き、顔を真っ赤にさせて怒り狂っていた。マチルダはそこに妹がいたことを思い出し、ジョディに近寄ろうとするが足が動かない。ガクガクと震えて立っているのがやっとの状態だった。

『何なのアレはっ!? お腹の中に何か飼ってるとは思っていたけど、あんなの想像以上よ！ アイツ絶対悪魔の尻尾を持ってるわ！ 何てことなの、このままじゃランズベリーもお姉様も好き放題されて……。冗談じゃないわよ、お父様はどうしてあんなヤツを!!』

ジョディは地団駄を踏み、ベッドに転がって暴れている。

そうしてひとしきり暴れると、今度は落ちつかない様子でぐるぐるとベッドの周辺をうろつき、ぶつぶつ言いながらマチルダに近づいて来た。

「あぁ、だけどお父様を説得するにしても時間が…ッ！ ううん、今のままじゃ時間をかけたって聞いてもらえるかどうか。ねぇ、お姉様、ぼんやり突っ立っている場合じゃないわ。本当に時間がないのよ!!」

「ジョディ？」

「悔しいけど、憎らしいけど、ヴィンセントの言うとおりよ。状況証拠だけで、お父様はアイツを疑いもしていない。お姉様だって知っているでしょ。昔からそうよ。アイツはね、お父様の前だとそれはもうお利口で素直な仔猫ちゃんを演じるの。甘い声で『叔父さま～』って我が儘を言うのよ。それに毒されてお父様も目尻を下げて何でも聞いてあげているわ！　本当の息子のようだって笑っているだけ！　そんな状態だもの、ヴィンセントを悪く言った時点で叱責《しっせき》されて終わりなのよ。前に私、アイツを悪く言ったらお父様にもの凄く叱られたんだから！　下手をすれば、こっちが悪者にされちゃうわ。アイツ、そういうのにはやたらと頭が回りそうだもの！」

「だったらどうすれば。……って、ちょっと待ってジョディ。時間がないって、どういうこと？　まさか刑が執行される日は既に決まっているの？」

「……そうよ」

「いつ⁉」

ジョディの肩を摑み、マチルダは顔を近づける。

すると彼女は僅かに俯き、逡巡してから言いづらそうに口を開いた。

「詳細な時間は教えてくれなかったけど、明後日だって聞いたわ。黙っていてごめんなさい。口止めをされていたの」

「そんな！」

「だけど私、お姉様にはまだ諦めて欲しくない！」

「え？」

反対に肩を摑まれ、マチルダは首を傾げた。

もちろん諦めたくはないが、この状況をどう打開すればいいのか分からない。ジョディだって父を説得するのは難しいと悔しがっていたばかりだ。まさかキースを助ける方法があるとでも言うのだろうか。

「もう…、頭にきすぎて隠れている間に凄いことを思いついちゃった。失敗したら目も当てられないのに。ううん、成功したって……」

「どういうこと？」

問いかけると、ジョディは泣き笑いのような顔を見せる。

それを見ているうちにマチルダはジョディに何か策があるのだと理解した。

「教えて！　失敗を気にしていたら何も出来ないわ。キースが助かるかもしれないなら、私の全てを賭けたっていい。命だって差し出してみせるわ！」

何をするつもりかは分からない。

それでも希望があるなら全力で動いてみせる。だって目的は一つなのだ。キースのためなら何を躊躇することがあるだろう。

「……凄いわ、お姉様。そんなにもキースが好きなのね。これほど勇ましい顔を持っていたなんて知らなかった」

目を輝かせたジョディは、そんな呟きを漏らした。

マチルダの本気を知ったからだろうか。彼女は涙ぐみながら何度も頷いている。やがてまっすぐ向き直り、真剣な眼差しで口を開いた。

「だったら私も協力する。必ずキースを助け出してみせるわ。ランズベリーもお姉様も、ヴィンセントには絶対に渡さない。たとえ、それで何を失ったとしても」

「ジョディ」

「そうと決まったら私の考えを話すわよ。と言っても、策なんて大袈裟なものじゃないんだけどね。それでも構わない？」

「もちろんよ」

頷くとジョディは涙を拭い、今後の計画をこしょこしょと耳打ちする。

マチルダはその内容に内心驚愕したが、口に出さずに黙って頷いた。

今は迷うことも疑うこともしたくない。キースに焦がれるこの想いだけが、マチルダを動かせる唯一のものだったから——。

❀　❀　❀

一方、渦中《かちゅう》のキースは城の下層にある地下牢へと連れてこられていた。

過去に起こった戦争では、ここに捕虜が捕らえられていたこともある。使われなくなって久しいこの場所に身を置くことがどれほどの不名誉で、それが何を意味するのか、誰に言われるまでもなくキースにはもう充分すぎるほど分かっていた。

「誰か…ッ！　誰でもいい、話を聞いてください！」

あれから何日経ったのだろうか。今が朝なのか夜なのか、窓のないこの場所にいると、それさえも分からなくなっていく。

それでも叫び続けることだけは決して止めようとはしなかった。

「誰か話を…ッ！　旦那様に伝えなければならないことがあるんです！」

鉄格子《てつごうし》に額を擦り付け、キースは声を張りあげる。

喉がひりつき掠れていたが、それに構う余裕などどこにもない。しかし、己の声が虚しく反響するだけで、いくら叫んでも人が近づいてくる気配はなかった。

「誰もいないのかっ!?」

苛立ちが募り、キースは忌々しい鉄の棒を力いっぱい蹴《け》り上げる。

こんな場所に閉じ込められている場合ではないのに、時間ばかりが無駄に過ぎていくようだった。

——焦ってはだめだ。落ちつかなければ。まだ何とかなる。まだ……。

キースは自分にそう言い聞かせ、拳を握った。

人が来ないわけではないのだ。話を聞いてもらうチャンスが全く無かったわけでもなかった。長らく牢を必要とする事態が無かったからか、思ったより監視が甘いようで、見回りにやってくる者の他にこっそり様子を見にやってくる者が時々いるのだ。

けれど、誰もが皆、来てもすぐに帰ってしまう。ランズベリー侯に話を通してくれるよう懇願しても、俯くばかりで誰一人頷いてはくれない。分かっている。我が身は可愛いものだ。主人の怒りを買うような行動を恐れるのは仕方のない話でもあった。

「キース」

と、その時、足音と共に低い男の声に名を呼ばれる。

薄暗い牢内にオイルランプの優しい灯りがキースの顔を照らした。

「……アーサー？」

顔を上げると、自分より五つ年上の同僚が鉄格子の向こうに立っていた。

彼もこの城で執事をしている。アーサーは執事の中で一番年下のキースを特に可愛がってくれる兄のような人だった。

「なんだ、凄い貢ぎ物の数だな。監視は何をやっているんだか。まぁ、ここにいる時点で私も人のことは言えないが」

アーサーはベッドの傍に並んだ食糧やワイン、毛布や本の数々を見て苦笑している。

それらは全て、こっそり尋ねてきた者がキースに差し入れた物だ。訪問者がそれだけいるという事実でもあるが、受け取ってもキースは何一つ手を付けようとしなかった。

「忙しくてね、時間が作れず今日まで顔を見せられなかった。招待客は次々やってくるし、夜会も開かれているものだから、ほとんど寝ていない状態が続いているんだ」

そう言ってアーサーは目頭を押さえている。

この牢獄の外では何事もない日常が続いているのか……。分かっていたこととはいえ、落胆を隠しきれない。

しかし、アーサーがやって来たことは、牢に放り込まれてから初めての希望をキースに与えた。彼は他の使用人とは立場がまるで違う。執事の中でもランズベリー侯に近く、話を通すことが出来る可能性を持つ数少ない人間の一人だったからだ。

「アーサー、お願いがあります。私に旦那様と話をする機会を作ってくれませんか。どうしても直接話さなければならないことがあるんです」

「……」

「どうかお願いします。自分がどんな立場にあるのか分かっているつもりです。ですが、こんなところで命を落とすわけにはいかないんです。このままではマチルダ様が、マチルダ様が不幸な道を進んでしまうんです！　アーサー、どうか頼みを聞いてください！」

キースは鉄格子の前で必死に頭を下げた。

来て早々こんな要求をされて、アーサーはさぞ戸惑っていることだろう。それが分かっていても止めるわけにはいかない。こんな機会は二度と訪れないかもしれないのだ。

「……キース、止めてくれ。私に頭など下げなくていい」

しばし沈黙が続き、やがてアーサーは静かに口を開く。

ふと温もりを感じて顔を上げると、どこか哀しげな眼差しと視線がぶつかる。鉄格子の隙間から伸ばされた手がキースの肩に触れていた。

「どうして旦那様は信じてくださらないのだろうな。こんな時でさえ、君はマチルダ様の身ばかり案じているというのに……」

「アーサー？」

「ああ、聞かなくとも分かっている。君を疑うなどするものか。我々使用人のほとんどが同じ気持ちでいるんだ。本当のことを言うと、今日は皆にせっつかれて来たんだよ。キースには何か訴えたいことがあるから、それを聞いてやって欲しいとね」

「皆が？　皆がアーサーをここへ？」

「そうだ。しかし、情けないことに私の踏ん切りがつかなかった。すまない。君がこんな状況に追い込まれているのを知りながら、我が身の安泰《あんたい》と天秤《てんびん》にかけてしまった……」

アーサーは俯き、鉄格子を握りしめた。

その手は微かに震えていて、彼の葛藤《かっとう》がそのまま表れているようだった。それはつまり己の立場を失くしかねないほど、今のランズベリー侯の怒りが凄まじいということでもある。

だが、アーサーの気持ちはキースにも理解出来る。今のキースに味方することは誰にとっても損にしかならない。それなのに彼は皆の後押しがあったにせよ、葛藤を振り切り、相当な覚悟を腹に決めてここまで来てくれたのだ。

本当は誰も話を聞いてくれないことにずっと絶望していた。

しかし、ここで叫び続けていたことは無駄ではなかったのだ。信じてくれていた人は沢山いた。やっと巡ってきた機会に、キースは心から感謝するばかりだった。

ぐっと拳を握りしめ、アーサーをまっすぐ見つめる。彼の方もキースを見て小さく頷いた。それは無言で交わされた会話で、初めての希望が灯った瞬間でもあった。

「深夜にもう一度ここに来るよ」

「はい、ありがとうございます」

「よしてくれ。今の段階で感謝されるのは流石に気が引ける。旦那様の反応が変わればいいが、今の激昂ぶりでは更に火をつけてしまう可能性もあるんだ。……何よりも、ヴィンセント様が傍にいる確率が高いのが厄介だ」

「ヴィンセント様が……」

その様子が目に浮かぶようだった。

恐らくそれはキースに刑が執行されるまでの予防線だ。それまでは自分の考えをランズベリー候に吹き込み続けようという魂胆《こんたん》なのだろう。

キースが死ねば、事実を知る者はマチルダだけになる。だが、彼女は家のためと口を噤んでしまいかねず、ヴィンセントもその気持ちにつけ込もうとするはずだ。このままではマチルダは大変な苦しみを負い、いずれはこの家の不幸にもなるだろう。そうなる前にランズベリー候があの男の本性に気づかなければならないのに……。

ベッドに転がったワインボトル、腫れた頬、裸に剝かれて恐怖に震えた身体。

思い出す度、沸々と怒りが沸き上がる。今日まで何度あの時の光景が蘇っただろう。

「何だか虚しいものだな」

ふとアーサーがそんな呟きを漏らす。

目を向けると、彼は瞳を揺らめかせて哀しげに笑っていた。

「旦那様は素晴らしい方だ。仕えることは誇りだった。……だが、その考えに初めて迷いが生まれてしまった。今の旦那様はこれまで尽くしてきた人間に対して、一切の反論を与えずに断罪しようとしている。所詮《しょせん》、我々は使用人にすぎないのだろうか」

「アーサー……」

「とてもやりきれない。君はまだ若い。皆からの信頼も厚く、とても慕われている。仕事だってマチルダ様の傍にいるだけじゃなかった。税の管理、城の管理、人の管理、ワインの管理。皆で手分けしてやってきたじゃないか。君が頑張ってきたことは誰もが知っている。旦那様だって……」

そう言って項垂《うなだ》れる姿は、哀しみに満ちていた。

彼はキースが牢に閉じ込められてから、悶々と考え続けていたのかもしれない。この家のために尽くして来たからこそ、キースの現状に我が身を置き換えて虚しさがこみ上げたのかもしれなかった。

何て重い現実だ。所詮は使用人、その一言に尽きてしまうのだろうか。

多くの貴族たちにとっては、自分たちは替えのきく使い捨てかもしれない。それでも、この家の人たちだけは違うと思っていた。

両親が生きていた頃、キースには常日頃から言い聞かされてきたことがある。この家のために一生を捧げよ、それがこの世に生を受けた意味なのだと。

その言葉に疑いを持ったことはなかった。ランズベリー家の人々は温かく、入ったばかりの使用人でさえ大切にする。他の領地で働いたことのある者は、こんなに雰囲気のいい場所はどこにもなかったと口を揃えて喜ぶ。その度に、この人たちのために尽くせることを誇りに思ってきた。

だが、その誇りが今は激しくぐらついている。

どうして私はこの冷たい牢獄で死を待たねばならない？

牢に閉じ込められてから、もう一人の自分が頭の中で囁き続けていた。心より尽くしてきたのは、マチルダがいたからだと――。

いつだってキースの目はマチルダを追いかける。出会った時から彼女は宝石のようにキラキラしていた。こんなに特別な人はいない。すぐにマチルダが世界の中心になった。

木から落ちる彼女を庇ったことは多くの人に誉められた。誰もが出来ることではないと皆が言う。けれど、本当は足など失ってもよかったのだ。マチルダが無事であるなら、自分の命に代えても構わないと本気で思っていた。

そうだ。この命に代えてもマチルダ様を守らなくては……。

キースは爪が食い込むほど己の手を握りしめた。

ここには闇しかない。時間は刻々と過ぎ、いつ刑を執行されるかも分からない。もしかしたら、アーサーがここを出て行ったその次の瞬間かもしれないのだ。

それでは間に合わない。その時が来たとしても、爪痕を残すには――。

キースはごく、と喉を鳴らし、もう一つの覚悟を決めて大きく息をついた。

「……アーサー、もしもの時は私の机からある書類を持ち出してください」

「なに？」

「ヴィンセント様に関する資料が、いくつかあるんです」

「何だそれは。どういうことだ？」

「ずっと調べていたことがあるんですよ。まだ確証を得られないだけで」

その言葉に息を呑むアーサーを見て、キースは唇を歪めた。

それはヴィンセントに対する不信から始まった行動だった。仕事の合間にあくまで個人的に調べていたものだが、証拠が掴めればヴィンセントを窮地《きゅうち》に追い込める可能性がある。

だが現時点では疑惑でしかなく、探っていることがばれればアーサーの身を危険に晒しかねない。だから、〝もしもの時〟と断りを入れた。

「今はこれ以上は言いません。命が繋がって、自分の手で証拠を掴んだらお教えしますよ」

「……っ」

キースは無理に笑みを作って、そう強がってみせた。

くしゃっと顔を崩したアーサーは、笑っているのか泣いているのかよく分からない顔をしている。そんな彼に頭を下げると、大きな手でぐしゃぐしゃと頭を掻き回された。

「健闘を祈っていてくれ」

そう言葉を残し、アーサーは去っていく。

視界から消えていく背中を無言で見送り、遠ざかる足音が完全に途絶えてもキースはその場から動かなかった。

しかし、しばらくして後ろを振り返る。アーサーが言うところの貢ぎ物の数々が所狭しと並んで牢内を占有していた。その一つひとつを順番に目で追っていくと、少しだけ温かい気持ちになった。

この城で生を受けて二十年。出会ったほとんどが心根の優しい善良な人々だった。彼らの想いに感謝しながら、ようやく灯った小さな希望に祈りを捧げる。

「マチルダ様……」

何があろうと最期の瞬間まで彼女のために生きてみせよう。

今は待つことしか出来ない歯痒《はがゆ》さに唇を噛み締め、キースは鋭い眼差しで鉄格子の向こう側をじっと見つめた――。

❀　❀　❀

それからどれほど時が経っただろうか。

闇に覆われた牢の中でキースはふと微かな足音を耳にした。ベッドから立ち上がり、逸る気持ちを抑えて訪問者の到着を待つ。恐らくはアーサーだろうと思っていた。

ところが、何故か足音が一つではない。別の誰かがやってきたのかもしれないと僅かに身構えた時だった。

「キース、遅くなってすまない」

「アーサー！」

最初の想像どおり、やって来たのはアーサーだった。

足音が複数あったように聞こえたが、彼の他には誰もいない。単に聞き間違えただけなのか、少なくともオイルランプの灯りで見える範囲に他の姿はなかった。

「この数時間で色々あったんだ。何から話せばいいのか悩むところだが…」

そう言ってアーサーは懐から何かを取り出す。

手に持ったそれは鉄のリングにぶら下がったいくつもの鍵だった。まさかという考えが過り、アーサーの手元を凝視する。迷いなく鍵が差し込まれ、重い鉄の扉がギ…という軋みを立ててゆっくりと開かれていった。

――旦那様が話を聞いてくれる算段が整ったのだろうか？

キースはそう思い、希望が繋がったと笑顔を浮かべかけた。

「さぁ、こちらへ。マチルダ様！」

しかし、そこで予想もしないことが起こる。

アーサーの呼びかけに応えて足音が聞こえるや否や、突然もう一人が現れて牢の中へ飛び込んで来たのだ。

「キースッ!!」

「――ッ!?」

温もりがキースの腰にしがみつく。

甘い香りにくらっとして、足がぐらついた。ヨロヨロとよろめきながら後ろに下がっていくと、ベッドに足を取られてしまい二人一緒に倒れ込む。

すぐさまキースは身を起こし、しがみついて離れないその顔を覗き込んだ。うっすらとしたランプの灯りで見えたのは、ほかでもないマチルダその人だった。

「……マチルダ様？」

「キース、キース！　やっと会えた…ッ!!」

夢でも見ているのか？

状況を呑み込めず、キースは呆然とした。

けれど、この温もりも吐息も本物だ。触れても消えたりしない。

「キース、そのままでいいから聞いてくれ」

と、鉄格子の向こうからアーサーに声をかけられる。

顔を向けると、どこかほっとした眼差しと目が合った。

「これはどういうことですか？　旦那様には……」

「……すまない。私にはどうすることも出来なかった。かなり食い下がってみたが、旦那様の怒りを買っただけで終わってしまったよ」

アーサーは哀しげに頭を下げる。

その悲痛な顔を見て、キースは黙って首を横に振った。どうして彼を責められる。立場を悪くする覚悟で動いてくれただけでありがたいのに。

それに、これで分かってしまった。もう望みは潰えたのだと……。

処刑を回避することは出来ないのだ。アーサーが駄目なら、もう誰が言ってもランズベリー候が話を聞いてくれることはないだろう。

しかし、分からないのはここにマチルダがいることだ。牢の鍵が開けられたことも、キースの理解を完全に超えている。

困惑していると、アーサーも牢に入って来た。彼が持っていたランプはベッドの下に置かれ、その手で力強く肩を摑まれた。

「無茶を承知で言う。これから君はマチルダ様を連れて、二人でこの城を出るんだ」

「えっ？」

「本当はすぐにでもここから連れ出してやりたいんだが、君たちを逃がす予定の馬車が遅れている。今、そのために多くの人間が密かに走り回っているんだ」

「どういうことですか？」

「キース、我々は恐ろしい賭けをしている。とんでもない裏切りだ。それでも覚悟を決めた。だから君も腹を括って欲しい。これが君を処刑させず、マチルダ様も助ける最後の手段なんだ」

「……っ」

「我々が何をしようとしているか分かるな？　この一か八かの賭けに皆が協力している。

君たちのために何かしたいという一心だ。だから、よく胸に刻み込んで欲しい。……そして、ここを出たら二度とこの土地に戻って来てはいけない。君がマチルダ様を幸せにするんだ。彼女を愛しているんだろう？」

「――ッ!!」

アーサーの言葉に目を見開くと、彼は苦笑を漏らす。

わしゃわしゃと頭を撫でられ、「知っていたさ」と囁かれた。驚くキースに目を細めながら彼は何度か頷いていたが、ふと真面目な顔つきに戻ってマチルダに向き直った。

「マチルダ様、約束の時間まで一時間と少しあります。私は一旦ここを離れて外を見張っておりますので、それまではここでお待ちください」

「分かったわ」

「幸運を祈りましょう」

そう言うと小さく笑い、アーサーはランプを持たずに牢から出て行く。

規則正しい靴音が遠ざかり、やがて遠くの方で扉が閉まる音が微かに聞こえ、それと共に靴音も消えた。

キースの頭の中ではアーサーの言葉が回っていた。

――ここを出たら二度とこの土地に戻って来てはいけない。

自分たちを逃がすために、アーサーを含めた協力者たちが走り回っている。

もちろんマチルダを連れて逃げることに抵抗はない。ヴィンセントと引き離すために、そうしたいと思っていたくらいだ。

ただ、確実に分かることは一つ。捕まれば今度こそ処刑は免れないということだ。使用人が貴族の娘を攫って逃げた。それだけが歴然とした事実となり、どんな弁明も通用しないだろう。

だからアーサーは『二度と戻ってきてはいけない』と言った。捕まればマチルダが強制的にここへ連れ戻されるのが目に見えているからだ。その時にランズベリー侯の考えに変化がなくとも、彼女が命に関わる罰を与えられることはあり得ない。再びヴィンセントの毒牙にかけられる可能性だけが残されるのだ。

愛しているなら守り通せ。アーサーはそういうことを言っているのだとキースは理解した。

「ねぇ、キース。今のアーサーの言葉の意味、ちょっと誤解しているでしょう」

顔を引き締め、天井を見上げているとマチルダに顔を覗き込まれる。

誤解などしていません。命の限りあなたを守り通します。

そう答えようとすると、彼女の手が頬に添えられ、突然唇が重ねられた。

「……っ!?」

「ほら、やっぱり分かっていないんだわ」

「い、今…何を」

「何って、キスをしたのよ。私の初めてのキスだわ」

キースはぽかんと口を開け、マチルダを見上げる。

彼女はキースの上で微笑を浮かべていた。呆然としながら自分の口に触れてみる。今のがキス？　信じられないほど柔らかかった。

「誤解しないで。私はあなたに守ってもらうためにここを出るわけじゃないの」

「え？」

「私はこれまで家のためなら何でも受け入れようと思ってきた。好きでもない男に抱かれることだって仕方ないと思っていたわ。……だけど、他の何を我慢出来ても、キースに手を出すことだけは絶対に我慢が出来ない。それだけは何があろうと受け入れられないのよ」

「マチルダ様…？」

「きっと私はランズベリー家始まって以来の汚点になるでしょう。だけど、覚悟なら決めてきた。もう自分の気持ちを隠したりしないわ。私はこの家を捨て、あなたと生きると決めたのよ」

「……まさか」

「そうよ。ずっとずっと、私だってあなたを愛していたわ」

マチルダは涙を浮かべてキースの胸にしがみつく。

そんなことをしたら心臓の音が聞こえてしまう。彼女の言葉にどう反応していいのか分からず、キースの手は宙を彷徨《さまよ》っていた。本当は彼女を抱きしめてしまいたいのに、この期に及んで都合よく考えてはいけないなどと自制が働いてしまう。

「まだ信じてくれないの？」

何も出来ずにいるとマチルダは苦笑を浮かべ、身を起こしてベッドから下りた。

身体の上の重みが消え、えも言われぬ喪失感を味わう。

だが、次の瞬間キースは我が目を疑った。身につけたドレスのボタンを一つずつ手早く外し、マチルダは何の躊躇もなく脱ぎ去ってしまったのだ。

「な、なにを…っ!?」

キースは床に放り投げられたドレスを見て呆然とする。

起き上がって止めようとしたが、身体が硬直して動かない。マチルダはキースから目を逸らさずにコルセットを外すと、アンダードレスまで脱ぎ去って床に投げ捨てた。しかも、それだけでは終わらず、固まるキースの前で彼女はドロワーズの紐を解き、真っ赤な顔をしながら一糸纏わぬ姿になってしまったのだ。

「これだけでは足りない？　私はあなたに身も心も捧げると言っているのよ？」

そう言ってマチルダは抱きついてくる。

勢いに押されて押し倒される形でベッドに倒れ込み、後頭部をごちんと壁にぶつけた。音は凄かったが、痛みなんて感じない。頭がパンクしそうで、壊れそうなほど心臓がうるさかった。

そっと肩に触れて彼女の肌を確かめる。夢でもなければ都合よく解釈しているわけでもないと分かり、キースはごくっと唾を飲み込んだ。

男の前で裸になることが何を意味するのか、どれほどの勇気と覚悟を持ってこんなことをしているのか、流石にそれが分からないほどまぬけではない。何よりも、この誘惑を突っぱねる力など、キースには持ち合わせていなかった。

「……抱きしめても、いいのですか？」

耳元で問いかけると強くしがみつかれた。

恐る恐る腕を伸ばし、出来るだけ力を入れずに抱きしめてみる。

「柔らかい…」

その感想にマチルダはくすりと笑う。

間近にいることに実感が湧かないまま、ぎこちなく唇が重なった。柔らかく甘い感触に、ますます胸が高鳴っていく。

「ん…」

一瞬だけ唇が離れたが、すぐに角度を変えて一度目より強く押し付けた。

抱きしめる腕にどんどん力がこもっていく。このまま抱きしめ潰してしまいたいという欲求に駆られたが、苦しげに息をしていることに気づいて慌てて力を緩めた。

「苦しかったですか？」

「平気よ。何でも好きにしていいの」

顔を覗き込むと、マチルダはそんなことを言う。

夢を見ているみたいだ。首筋にかかるキースの息に小さく身を震わせる仕草さえ愛しかった。けれど、この肌が現実を教えてくれる。彼女の全てをもっとちゃんと目に焼き付けておきたい。

キースは上に乗っていたマチルダをベッドに座らせ、自分は床に膝をつく。

しっとりと濡れた青い瞳は恥じらいがちにキースを見つめ、ランプの灯りだけでも顔が紅潮しているのが分かるほどだった。長く美しいプラチナブロンドの髪は豊満な胸にかかり、くびれた腰の辺りで揺れている。肌もきめが細かく、触ると吸い付くようだった。

何て綺麗な人だろう。

まるで雲の上の存在だ。ずっと手が届かない人だと思っていたのに……。

こんな人が本当に私を好きだと言っているのか？

見ているだけで時を忘れる。一日中でも眺めていられる気がした。

すると、彼女はおずおずと手を伸ばし、キースの袖口を引っ張った。

「キース、これで終わりだと言わないで」

「……終わり？」

「だって、触ってはくれないの？」

不安げなマチルダの眼差しにハッとする。

「あ…、申し訳……。あまりに綺麗で見蕩《みと》れていました」

キースは自分の行動を恥ずかしく思いながら、ぐしゃっと髪をかきあげた。

これは現実だと思いながらも、すぐに夢の中を歩いている気分になってしまう。本当は見ているだけではなく、それ以上のことをしたいと思っているくせに。

「触るだけでは終わりませんが、それでもいいですか？」

「あ…っ」

答えを急かすように赤く染まったマチルダの顔を覗き込む。

「マチルダ様」

「い、言ったでしょう？　何でも好きにして欲しいの」

キースはマチルダを掻き抱いてベッドへ押し倒す。あまりに愛しすぎて目眩がした。唇を強く重ねると互いの歯がぶつかってガチッと音が鳴る。背中に回した手で柔らかな肌の上を滑らせ、細い腰をぐっと自分に引き寄せた。

「愛しています。あなたを、誰よりも愛しているんです…ッ！」

「キース！」

耳元で囁くと、マチルダの目から涙が零れ落ちた。

ああ、本当に彼女が好きだ。胸をこじ開けてこの気持ちを見せられたらいいのに。

「マチルダ様、マチルダ様……っ」

「ん、ふぁ…っ」

重ねるだけだった唇の隙間に舌を差し込み、彼女の美しい歯列をなぞっていく。

くぐもった声が漏れるのを聞きながら舌先でマチルダの舌を軽く突き、びくついたところをきつく絡めとった。

「ん、んっ、ふぅ、…ッ、ん」

彼女の唇は媚薬のようだ。執拗に舌を絡めているうちに頭の芯が溶けていく。

手のひらで背中や脇を撫でて肌の感触を確かめていたが、もっと色んな場所に触ってみたくて、いつしか胸の膨らみを包んでいた。どこまでも柔らかくて、少し力を入れただけで指が沈んでいく。気を抜くと痛くしてしまいそうで、力の加減が分からない。指先で胸の頂きを転がし、あまり力を入れないよう丸く円を描きながら乳房を揉みしだいた。

「っは、ん……」

しばし胸を弄っていると、マチルダからキスをしてきた。

唇の隙間から彼女の舌が滑り込み、今度は自分の舌が捉えられる。心臓が跳ね上がり、くぐもった声を漏らすと、閉じていたマチルダの目が開いて視線がぶつかった。

「ぁ、…ん、ん」

見つめ合い、互いの舌を何度も絡め合う。

そのうちに彼女の身体が徐々に熱を持っていくのを感じた。触れている場所がじんわりと汗ばみ、声が甘く掠れていく。少しは感じてくれているのかもしれなかった。

「マチルダ様、嫌だと思ったら我慢せずにおっしゃってください」

彼女が欲しくて堪らない。激しい欲望に身を焦がし、頬や額、瞼《まぶた》に口づけながら囁く。

マチルダは吐息を漏らし、こくんと小さく頷いた。それを確認するとキースは胸の頂きに唇を押し当て、指先を徐々に下腹部へと滑らせていった。

「んっ」

舌先でマチルダの尖った胸の突起を弾き、小さく反応するのを目で追いかけながら、下腹部へ伸ばした手で薄い茂みを掻き分ける。やがてその先に隠された敏感な場所へと辿り着き、指先でそっと触れてみた。

「あっ!?」

マチルダは大きな声を上げ、びくんと肩を震わせた。

恥ずかしかったのか、慌てて両手で口を押さえて「何でもないの…」と首を振り、深呼吸をしている。そんな仕草にさえ目が奪われた。

もっと聞かせて欲しい。キースはマチルダの表情を窺いながら舌先で胸を刺激する。小さくびくつき、彼女の息が乱れていったので、中心に触れた指を今度は上下に軽く擦ってみた。

「あぁ…ッ、ふ、…ぁ」

頬を紅潮させながらマチルダは喘ぐ。

どうしても出てしまう声に恥じらっている様子が胸をくすぐる。何度も何度も執拗に擦り、その度に悶《もだ》える姿を目に焼き付けた。

「ん、あぁ…ッ」

キースは彼女の中へ自分の指を徐々に沈めていく。

「あなたの中で私の指が動いているのが分かりますか？」

ゆっくりと出し入れを繰り返していくと、マチルダは真っ赤な顔でコクコクと頷き、両手で口を押さえた。

「嫌ではありませんか？　痛くありませんか？　……指を増やしても大丈夫ですか？」

聞く度に頷いてくれるので、指を二本に増やしてみる。

少し苦しいのか、僅かに顔をしかめたが嫌がる素振りは見せなかった。そのことにほっとして、また出し入れを繰り返す。徐々に水音が大きくなり、こんなに小さな場所なのになめらかに動けるようになってくる。更に指をもう一本増やし、目一杯広がったソコをキースはじっと観察した。

「マチルダ様、顔を手で隠さないで。どうか声を聞かせてください」

「あ、で、でもッ、ん、あ…ッ」

次第に大胆な気持ちになり、口を押さえているマチルダの手を取り上げた。

指の動きを少しずつ速め、激しくなっていく水音に耳まで赤くした彼女を目で追いかける。我慢出来ずに出てしまう声が可愛くて、傍で聞いてみたくて顔を近づけた。

「は、恥ずかしいッ、キース、恥ずかしいわ……っ」

訴える彼女の声を聞きながら、そっと頬にキスをする。

内壁を擦っていた指は彼女の蜜で付け根まで濡れていた。自分を欲してくれているように思えて、ますます胸が高ぶっていく。

「これ以上溺れたら、私はどうなってしまうのでしょうね」

マチルダをうっとりと見つめ、キースは啄《ついば》むようなキスを何度もする。

震える手でしがみつかれて一層愛しさが募り、抱きしめながら首筋を愛撫した。

「っは、あ…ッ、キース」

そのうちに彼女はキースの首元に手を伸ばす。

ぎこちない手つきでクラバットのピンを外し、首に巻かれた布を取り去った。どうやらキースの服を脱がそうとしているようだが、手が震えてジャケットのボタンがうまく外せないらしい。彼女は泣きそうな顔で四苦八苦していた。

「あ、んんっ、キースも、キースも……ッ」

涙をポロポロと零してマチルダは子供のように訴える。

あまりに愛らしくて顔が笑ってしまう。男の身体なんて面白いことは少しもないと思うのに、何て必死な顔をしているのだろう。

「キース、あ…ッん」

マチルダの中を行き交っていた指をゆっくり引き抜き、キースは身を起こした。

その濡れた指に唇を這わせ、口腔に含んで舌で味わってみる。マチルダは驚いた顔でその様子を見ていたが、キースは気にすることなく彼女の蜜で濡れた指の一本一本を丹念に舐めとっていった。

「なに、なんてことをしているの？」

「何ですか？」

「そんなことしたら、お腹を壊すわ……」

「大丈夫ですよ。とても美味しかったです」

「……ッ!?」

にっこりと微笑むと、マチルダはぱくぱくと口を開け絶句している。

そんなに驚くことだろうか。彼女のものなら何でも味わってみたいと思っただけだ。本当は全身を舐め尽くしてしまいたいと言ったらどんな顔をされるのだろう。

キースは上着のボタンを外し、ジャケットを脱ぎながらベストに手をかける。やけに視線を感じ、目を向けると彼女はシャツのボタンを外す指先を夢中になって見ていた。

「男の身体など、つまらないと思いますが……」

そう言ってシャツを脱ぐとますますマチルダの視線が強くなった。

首筋、鎖骨、胸から腰にかけて視線が行ったり来たりしている。肩から腕、指先にかけても往復していた。ここまでじっくり見られると流石に少し恥ずかしくなる。変なところがなければいいのだが、人と比べたことがないのでよく分からない。少なくとも怖がってはいないようなので、それだけはほっとするところだった。

「マチルダ様。痛みが募るようでしたらおっしゃってください。言葉にならなければ、私の背中を引っ掻くだけでもいいですから。そうすれば痛みが引くまで動きません」

行為中の約束事としてそれだけ言うと、彼女は素直に頷く。

けれど何か納得いかないことがあるようで、やたらとキースの下腹部をチラチラと見ている。キスをしようと顔を近づけ、唇が重なる寸前に彼女はその疑問を口にした。

「キース、どうして下を脱がないの？」

率直な疑問にキースは苦笑を漏らし、答えないまま口づける。

舌を絡めると、くちゅ、と湿った音が耳に響く。秘所に手を伸ばして、最後の確認のために指先を沈めた。

「あ、ん、んぅ…ッ」

「怖がらせたくないんです」

何度か出し入れして、まだ濡れていることに息をつく。

男の下半身が興奮した姿など彼女には想像もつかないことだろう。ここで引かれるようなことはしたくない。どうせ繋がってしまえば、嫌でもこの熱が伝わってしまうのだから。

「……いいですね？」

キースは指を引き抜き、前を開けて張りつめた自身を手に握る。

「ん、うん…っ」

かなり切羽詰まってはいたが、最後の確認をしてから今にも弾けてしまいそうな怒張をマチルダの中心に押し当てる。大きく息を吸い込み、ぐっと腰に力を入れた。

「あぁっ！　――ッ、ん、んんーッ」

彼女は顔を歪めながらキースの首に腕を回し、その圧迫に堪えている。

しがみついた腕はプルプルと震え、涙目になりながらキースの首筋に唇を押し付けていた。

「……ッ、……痛みはありませんか?」

あまりの快感で、気を抜くと果ててしまいそうだった。

もっと気遣ってあげたいのに、彼女が痛いのかどうかさえよく分からない。苦しげな顔はしていたがマチルダは何も言わず、背中に爪が立てられることもなかった。

「キース、大丈夫だからもっとして。一生残るくらいの痕を私に残して」

「っ、あなたという人は…ッ」

浅く息を漏らし、キースはマチルダを力強く抱きしめる。

自ずと身体が密着して繋がりも深くなった。更に腰を落とし、最後の引っかかりを一気に乗り越える。マチルダの目からぽろぽろと涙が零れ落ち、己の先端が最奥まで辿り着いたことを知った。

「泣くほど痛いのに、どうして堪えるんですか…っ」

息を荒げながら問いかけると、マチルダは微かに首を横に振った。

「…ッ、っは、あ、ちがう、の」

「何が違うんです」

「う、うれしい、から…」

途切れがちな声で、マチルダはとても嬉しそうに笑う。

胸が詰まり、こみ上げる涙を必死で堪えた。やはり彼女は痛いのだ。それが分かっても、こんなに可愛いことを言われたら我慢がきかない。無意識に腰を引き、更に奥まで突き入れてしまっていた。

「ああ…ッ！」

「あまり刺激しないでください。優しくしたいのに、出来なくなってしまいます」

ギリギリのところで理性にしがみつき、頬を伝う汗がマチルダの胸に落ちる。

すると、突然抱きしめられて唇を押し付けられた。差し込まれた舌がキースの舌を引っ張り、その先を甘くねだる。

ああもう駄目だ。これ以上は理性が切れてしまう。彼女を滅茶苦茶にしてしまう前に何とかしなければ…。

「すぐに終わらせますから、少しだけ我慢してください」

キースは息を乱し、マチルダの身体を抱えて腰を揺り動かす。

少しでも気を逸らせるようにキスを繰り返し、小さな喘ぎを聞きながら胸の頂きを親指で転がした。手のひらで膨らみを包み、その間も柔らかくうねる彼女の内壁を何度も擦った。

「あっ、キースッ」

「つは、…、は、マチルダ、さま…ッ、マチルダ様ッ！」

マチルダの肩に顔を埋め、キースは繰り返し彼女の名を呼んだ。

挿入したばかりの時よりも少しは濡れている気がする。彼女の声も艶めきを帯びているように聞こえた。しかし、それを注意深く確かめる余裕は残されておらず、キースはマチルダの身体を次第に激しく揺さぶっていった。

「っは、はあ、あぅっ、キース、キース……ッ」

「マチルダ様、愛しています。あなたを、本当に、どうしようもなく……っ」

間近で彼女を見つめ、顔中にキスをした。

この時が永遠に続けばいい。あまりに幸せで、そう願いながらきつく抱きしめ合った。

「ン、…ッ、あ、ん、ん、ふぁ…ッ」

キースは動きを速め、マチルダの身体を小刻みに揺さぶる。

彼女は喘ぎを漏らしながらキースにしがみつき、首筋をきつく吸っていた。その刺激に限界がすぐそこまで訪れていることに気がつく。

「…ッ、っは、あ……ッ」

掠れた声を漏らしながらキースは肩を震わせる。

強く抱きしめて、彼女の最奥をぐっと突き上げた。その瞬間、とてつもない快感が走り、全身に鳥肌が立つ。迫り上がる射精感に身を震わせ、淫らに腰を打ちつけながら彼女の中へ精を放ち、甘い唇に夢中でむしゃぶりついた。

「ん、ふッ」

このままどうにかなってしまいそうだ。がんじがらめになるほどマチルダの身体を抱き

潰し、全ての精を放出してからようやく腰の動きを止める。すぐには動けないくらい脱力して、しばらくの間、荒い息づかいだけが牢内に響いていた。

「はぁ、…っは、……あっ、も、申し訳ありません！」

しかし、キースはふと我に返り、慌てて身を起こそうとする。

自分だけが気持ちよくなってしまった。早く繋がりを解かねばと焦ったが、何故かマチルダは抱きつく腕に力を込める。

「マチルダ様？」

「お願い。もう少しだけ、このままでいて」

「ですが……」

「痛みなら途中からどこかへ行ってしまったわ」

笑顔で言われ、キースはほっと胸を撫で下ろす。

我慢しているだけだということは分かったが、それでも嬉しかった。せめて体重をかけないよう腕をついて身体を支え、マチルダの顔をじっと見つめる。

「……マチルダ様。私はこれを最後にはしません。あなたを連れて、絶対に逃げ切ってみせますから」

「うん。キース、絶対よ」

「約束します」

そう頷き、彼女のおでこに軽くキスをした。

もうあと少しで約束の時間がやってくるだろう。そろそろ準備をしておかなければ彼女の裸を見られてしまう。キースは頭を切り替え、名残惜しさを感じつつも繋げた身体を離した。

互いの体液で濡れた彼女の秘部をシーツで拭い、マチルダが戸惑っているのを気づかなかったことにして下着やドレスを手際よく着せていく。自身の服はその間に素早く着て、乱れた髪は手櫛で整える。そうして彼女に服を着せ終わる頃には何事もなかったかのように全てが元通りになっていた。

「歩けそうですか？」

「これくらい平気よ」

「そうですか。ですが、手を繋いでいましょうね」

オイルランプを持ち、キースは彼女に手を差し出した。

決して離れないようマチルダの手を強く握りしめ、微笑み合う。

すると、そこでタイミングよく扉が開く音がして、間を置かずに靴音が響き渡った。

アーサーのものだとすぐに分かり、二人は牢から駆け出す。

「アーサー！」

「ようやく準備が整ったよ」

「色々ありがとうございます」

「それを言うのはまだ早い。逃げ切った後にでも心の中で呟いてくれ」

「…はい。では行きましょう」

大きく頷くと、それを合図に先を促されてキースはマチルダと走り出した。

繋いだ手から伝わる彼女の温もりが、いつもの何倍もの勇気を与えてくれる。

不安がないわけではない。人の目を掻い潜りながら逃げることなど実際に可能なのだろうか。協力者がいると言っても、これだけ危険な話にそんなに多くの人間が動いてくれるものだろうかと。

しかし、そんな考えは一瞬で消えた。地下牢から飛び出した途端、通路の先々で見知った使用人が素知らぬ振りを装いながら何人も待機していたのだ。彼らは誰もいないことを確認してからキースたちを先に進ませてくれる。驚くほど統率が取れた動きに口を挟む余地はなく、二人はただ彼らに誘導されるままに進んでいけばそれでよかった。

そのうちに二人は外に連れ出される。久しぶりの外気に触れ、キースは満天の星空を見上げた。

「二人とも、こっちよ！」

不意にジョディが姿を見せ、手招きをする。

キースが驚いて目を丸くすると、マチルダは息を弾ませながら嬉しそうに笑った。

「あの子がこれを計画してくれたのよ」

「えっ!?」

「早く！　今なら誰の目もないわ」

見ればジョディが指差す先には幌《ほろ》のついた荷馬車が待機している。

これが到着が遅れていたという馬車なのだろう。それ以上は指示されるまでもなく、キースは急いでマチルダと共に荷台へ乗り込んだ。

「ジョディ様、本当にあなたがこの計画を？」

「そうよ。本当に間に合ってよかった！」

ジョディはマチルダとキース、それぞれに抱きついて涙を浮かべていた。

その温もりを感じているうちにキースは少しずつ現実を認識し始める。ここに辿り着くまでに誘導してくれた者たちの顔が一人ひとり蘇ってきたからだ。両手両足を足しても足りない。途中、どう見ても計画を知らずに偶然通りがかった様子の使用人も見かけたが、自分たちに気づくなり目を逸らして知らない素振りをしてくれた。そんな者たちも含め、想像以上に多くの人々に助けられていることを知り、今頃胸が震えてきた。

「キース、あのね。私ずっと言いたかったことがあって」

「はい」

「その、……ごめんなさいッ！」

「え？」

突然ジョディはキースに向かって大きく頭を下げる。

どういうことかよく分からず、キースとマチルダは何事かと顔を見合わせた。

「顔を上げてください。一体どうされたのですか？」

「だってキースの足、本当は私のせいだから。私が木登りしたから、あんな大けがをさせてしまったんだもの。怖くて怖くて、ずっと謝れなかったの……。ごめんなさい、本当にごめんなさい…っ」

「ジョディ、それじゃ、これはあの時の償いのつもりで？」

「それもあるけど…。やっぱりお姉様もこの家も、これ以上不幸にしたくなかったから」

そう言って、ジョディは涙で顔をくしゃくしゃにする。

ふと、城壁からアーサーが姿を見せて、「早く行け」と身振り手振りを交えながら指示を送っていた。

「そうね、泣くのは後にしなきゃ。ぎりぎりだったけどアーサーにも声をかけてよかった。牢の鍵もすぐに手に入れてくれたし。あれが一番の難関だったのよ」

「ジョディ様」

「もう行って。門から出て少ししたら馬を止めるようお願いしてあるから、あとはキースが馬の手綱を取るのよ。そこから先は二人の自由だからね。絶対に捕まってはだめよ」

「分かりました。あの、ジョディ様」

「なぁに？」

首を傾げる彼女に、キースは先ほどから考えていたことを口にした。

「今回のこれは、全て私が一人でやったことにしてくれませんか」

「え？」

「牢から抜け出てマチルダ様を連れ去り、逃亡するまで全てです」

「……城中の人々の目を掻い潜って？」

「そうです。この幌馬車も偶然見つけて盗みました」

「……」

「あなたたちは何一つ関わっていません。どうか、そういうことにしてください」

キースは頭を下げ、壁から顔を出すアーサーや他の人たちにも小さく笑いかける。

罪を犯したのは自分一人でいい。ここまでしてもらっただけで充分すぎるほどだった。

「このご恩は一生忘れません」

「や、やだ。やめて……。もうっ」

ジョディの泣き顔を拭ってやりながら、キースはマチルダの背をそっと押して奥へ隠れるよう促す。

これ以上ここに留まることはいくらなんでも危険だった。名残惜しいが、与えられたこの機会を失うわけにはいかないのだ。

「ジョディ様。もう私の足など気にせずに。いつまでも健やかに過ごされますよう」

「ん、キースも。それと、お姉様をお願いね」

黙って頷き、キースはマチルダの隣に隠れる。

マチルダはジョディや壁からこっそり顔を出している皆を見て目に涙をいっぱい溜めていた。

そんな彼女の肩を抱き寄せ、キースはジョディに視線を送る。それを合図と受け取った彼女が御者に指示を出すと、やがて馬車が動き出し、荷台が大きく揺れた。

「お姉様、お姉様、いつまでも愛しているわ……っ！」

遠ざかっていくさなか、ジョディの声が微かに聞こえた。

マチルダは嗚咽を漏らし、何度も頷いている。キースはそんな彼女を抱きしめ、誰にも見つからないようにと、それだけを強く祈っていた。

馬車はそれから少し走り、門の付近で一旦止まる。

ガタッと大きく揺れて、キースとマチルダは息をひそめた。

「ご苦労さま」

「そちらこそ、遅くまで大変だね」

御者が門番と挨拶を交わしている声が聞こえてくる。

しかし、幸いにも今は普段より人が多く、深夜になっても馬車の往来は珍しくない。荷台の中まで調べられるかと思ったが、馬車は拍子抜けするほどあっさり門をすり抜け、何事もなく街の中を進んでいった。

そのまま人気のないところまで進み、やがて馬が止まる。荷台に御者が顔を出したのでそこでキースが代わった。彼もまた見知った顔で協力者の一人のようだった。

「元気でな！」

「どうもありがとう」

キースもマチルダも何度も礼を言ってから馬を走らせた。

そのままひたすら馬を走らせていくと、建物がどんどん少なくなっていく。城を中心として街が栄えていたというのがよく分かる光景だった。

更に進めば荒野に出るはずだ。まだ人の手がほとんど入っていない土地だが、馬で駆け抜けるのに支障はほとんどない。追っ手が迫る様子も感じられず、キースは何気なく後ろを振り返る。いつの間にか、マチルダが荷台からちょこんと顔を出していた。

泣きはらした目で彼女は前を向いている。懸命に笑顔を作っているようだった。

「キース、どこへ行く？」

「そうですね。……では、ひとまず私にお任せいただけますか？」

「もちろんよ」

素直に頷くマチルダに微笑み、キースも前を向く。

夜風が冷たくて、とても心地がいい。

生きているという実感をようやく得られた瞬間だった。

❀　❀　❀

幌馬車に揺られ、それから二日が過ぎようとしていた。

途中、いくつかの小さな町を通り過ぎたが、誰もいないことを確認しながら慌ただしく川で身を清めたくらいで、キースはどこにも立ち寄ろうとはしなかった。

　寝泊まりは幌馬車の中で、マチルダは彼に抱きしめられて眠る。キースは窮屈なことを気にかけていたが、嫌な思いなんて何一つなかった。ありがたいことに荷台には食べ物も飲み物も積まれていたし、上掛けのケットまで用意されていた。眠るには背中が少し痛かったけれど、キースの腕は温かく、どんなベッドで眠るより心地よかった。

　それに、城から離れたからと言っても油断は出来ない。見知らぬ若い男女が宿に泊まっただけでも、有力な情報を与えるきっかけになってしまうはずだ。だからこそ迂闊な行動は出来る限り慎まねばならなかった。

　キースがどこに向かうつもりでいるのか、マチルダにはよく分からない。それでも何も聞かず、ただ彼について行こうと思っていた。だから眠るまでの間は、離ればなれにされた数日をどう過ごしたのかを話したりして、余計な詮索は一切しなかった。

　ジョディが逃亡に手を貸してくれたきっかけが、部屋にやってきたヴィンセントとのやりとりだったこと。計画したジョディは当初、特に仲のいい侍女だけに話したのだが、そこから各自の判断で極秘に協力者を募り、最終的に結構な人数まで膨れ上がったこと。ジョディの人徳もあるだろうが、ほとんどがキースを助けたい一心だったこと。そして、マチルダが部屋から逃亡する際は、用意してもらった睡眠薬入りのワインを扉の向こうの護衛に振る舞って成功させたこと……。

　それらの話をマチルダがしている間、キースは黙って耳を傾けているだけだったが、吐き出す息はずっと震えていた。涙は見せなかったけれど、堪えているのが伝わってきてマチルダが代わりに泣いてしまった。

「キースはどうしていたの？」

一つのケットの中で横になり、抱きしめ合いながらマチルダは問いかける。

キースは何度か瞬きをしてからゆっくり口を開いた。

「私は牢の中で過ごしていただけです」

「誰かが尋ねてくる度に、話を聞いて欲しいと訴えていたってアーサーが……」

「ああ、…そうですね。出来ることは高が知れているでしょうが、最期の瞬間まで足掻くつもりでいました」

「お父様を恨んでいる？」

「……そう思いたくはありません」

キースはそれきり黙り込んでしまう。

マチルダは切なくなって彼にしがみつく。哀しくて歯痒い。最後まで父はキースの言葉を聞こうとせず、それどころかマチルダの声にも耳を傾けなかった。その点においてマチルダはヴィンセントに敗北したのだ。

しかし、あの夜の一瞬に感謝したりもした。アーサーに計画が知られたのは偶然だったからだ。

牢の鍵だけが手に入らないまま計画が実行されたのは、今考えても相当行き当たりばったりだったと思う。部屋を抜け出したはいいが、鍵がどこにあるのか分からないというジョディと二人、コソコソしながら地下を彷徨っていた。

アーサーに見つかったのはそんな時だ。問いつめられ、迷った挙げ句に事情を説明すると、驚くことにアーサーから協力させて欲しいと申し出てきた。聞けばキースに弁解の余地を与えてくれるよう父に願ったが一蹴されてしまい、もう手立てがないのだと言う。一人でも多くの協力者が欲しい中、あれほど心強い瞬間はなかった。

その後、アーサーはマチルダたちに大きな力をもたらすこととなる。牢の鍵を手に入れ、行き違いのあった馬車の手配も一手に引き受けてくれたのだから。

「確かにアーサーなら牢の鍵の在処を知っていたでしょうね」

あの夜のことに想いを馳せていると、まるでマチルダの頭の中を覗いたような台詞をキースが呟く。

何だかおかしくなってくすっと笑い、マチルダはその時のことを話した。

「でも、ランズベリーの執事は忠誠心が強いから危険だって、ジョディは声をかけなかったみたい。お父様に知らされたら、そこで計画は潰えてしまうわけだし……」

「賢明な判断だと思います」

「だけどね、計画を知った途端アーサーは涙を浮かべたの。どうしてもっと早く教えてくれなかったのかって詰め寄られたわ。キースの身を心から案じていたのね」

「……」

「ねぇキース。そんな心ある人たちのお陰で、私はもう一度あなたに会うことが出来た。歯痒くて悔しいこともあったけど、やっぱりあの場所に生まれてよかった。そうでなければキースに会えなかったもの」

耳元で囁くと、キースの頬がぴくんと震える。

彼は小さく頷き、ゆっくり目を閉じた。睫毛が濡れて微かに揺れているが、その感情の高ぶりをキースは表には出さない。とても静かに泣いているのだと思った。

自分たちがいなくなり、城の中はさぞ混乱していることだろう。気にならないと言えば嘘になる。良心の呵責に苛まれないわけがなかった。

しかし、後押ししてくれた人々の力で出来た新たな道を、彼と繋いでいくであろう未来を手放せるわけがない。この先何が待ち受けようとも、キースと生きていくことをマチルダは選んだのだから――。

❀　❀　❀

城を出て五日が経ち、夕方を過ぎようとしていた頃だった。

眠っていいという言葉に甘えてマチルダがウトウトしていると、不意に耳元でキースの声がした。

「マチルダ様、つきましたよ」

「ん」

マチルダは瞼を擦りながらむくりと起き上がり、ぼんやりと彼を見上げる。

キースが荷台にやってきたということは、もう夜になったのだろうか。そんなことを考えていると、彼は荷台から下りてマチルダに手を差しだした。

「まだ準備不足ですが、月に一度は掃除に来てもらっていたので、それなりに使えると思います。順次整えていきますので少しの間ご容赦ください」

「準備？」

マチルダはキースの言葉に首を傾げつつ、手を取られて荷台から下りていく。

目の前には大きな屋敷が建っていた。隣までは少し歩く距離だ。疑問を抱きながら門を抜け、誘導されるまま彼について行く。

「鍵はマチルダ様が眠っている間に、掃除を頼んでいた者から受け取ってきました」

そう言ってキースは笑い、扉を開けてマチルダを中へ招き入れる。

遠慮がちに足を踏み入れると清潔そうな広い廊下が目に飛び込んできた。落ちつきなくきょろきょろと辺りを見回していたが、すぐに手を引かれてアーチ型の大きな窓がある広間まで連れてこられる。

「ねぇキース、ここはどこ？　今日はここに泊まるということ？」

マチルダは広間から続く階段を見上げ、キースに問いかけた。

部屋に入るなり彼はカーテンを開けて、差し込んだ光に目を細めている。そうしてしばし無言で窓の外を眺めていたキースだったが、ややしてマチルダの傍に戻ってきた。

「マチルダ様が嫌でなければ、今日からここに二人で住みましょう」

「え？」

「この周辺は別邸として建てられた屋敷ばかりで、普段はあまり使われていません。ひっそり暮らすには、とてもいい場所だと思います」

「どういうこと？　ここは一体……」

マチルダは戸惑いながら部屋の中をぐるりと見渡す。

そしてアーチ型の窓から外に目を向けているうちに、一つの答えが頭に浮かんだ。

「まさか、この家はキースの持ち物なの？」

「ええ。住むのはまだ少し先の予定でしたが」

西日を受けてそう答えるキースの表情はよく見えない。

マチルダは彼の袖を摑み、喉を鳴らす。少しだけ話が見えてきた気がした。

元々、彼はランズベリーを去ろうとしていたわけで、そうなれば当然新たに住む場所が必要となる。つまりここは、マチルダから離れた後にキースが身を置こうと用意していた場所なのだ。

改めて彼が本気で自分から離れようとしていたことを思い知らされ、マチルダは胸の奥が苦しくなるのを感じた。

「い、いつの間にこんな場所を？」

「……昨年、無理を言って二週間ほどお休みをいただいた時があったでしょう。マチルダ様の十八歳の誕生日を以て傍付きを解任すると言い渡され、気持ちを整理しなければ平常心でいられないと思ったんです。最初は気の赴《おもむ》くまま旅をしていましたが、ふらりとこの町に立ち寄って、この屋敷と出合いました。独りで住むには広すぎるとは思いましたが、庭に立つ木の雰囲気がとても気に入ってしまって」

言いながら、キースは窓の外を眺めている。

つられてマチルダも彼の視線を追いかけ、庭先に立ち並ぶオークの木に目を留めた。ランズベリーの庭にあったものと同じ種類だ。それだけではない。その中の一本の立ち姿が、マチルダが落下したあの大木とよく似ているのだ。

「私は往生際の悪い人間なのでしょうね。マチルダ様から離れようとしながらも、想い出を追いかけることを止められないのですから」

「キース…ッ」

マチルダは堪らなくなってキースに抱きつく。

彼もまたマチルダの背に腕を回して抱きしめ返してくれた。耳元で感じた吐息がとても切ない。自分だけ何も知らず、キースにばかり辛い想いをさせ続けてしまった。

「本当のことを言うと、今もまだ実感がわかないんです。馬を走らせていても、夜になってマチルダ様を抱きしめて眠っても、もしかしたらこれは夢で、目が覚めたら消えてしまうのではないかと……」

「キース、何を言うの。私はここよ。あなたの腕の中にいるでしょう？」

「はい…」

「どこへも行かないわ。夢だと思うなら信じられるまで確かめればいいのよ。目が覚めても消えないと分かるまで、何度でも何度でも、私をキースのものにして」

「マチルダ様？」

マチルダはキースの手を取り、頬を寄せた。

本当は自分だってどこかでまだ実感出来ずにいる。キースの命より大切なものはないと家を捨てて彼と共に逃げてきたが、もう会えないかもしれないと一時はそんなふうにも思っていたのだ。だから、キースとこうして抱きしめ合っていることが、夢のように思えてしまう。

「……また、あなたを抱いても？」

「嫌？」

「嫌なわけが」

「嬉しい」

「……っ」

頬に触れるキースの手は震えていた。

どちらからともなく唇が重なる。初めて抱かれた夜以来の温もりに感情が高ぶって、自然と息が乱れていく。それはキースも同じのようで、熱い息を漏らしながら唐突に掻き抱かれた。

「し、寝室が…、あるんです。二階に…っ」

口ごもるキースの言葉に頷くと、彼はマチルダを抱き上げて階段を駆け上っていく。

その間も首筋や耳たぶに彼の唇が押し当てられ、苦しいほど抱きしめられた。いくつかある部屋の一つに手をかけ、キースは息を荒げながら扉を開ける。とても広い部屋だったが物があまりなく、窓辺に置かれたベッドが唯一主張する大きな家具だった。

マチルダは早足でベッドに運ばれ、そっと横たえられる。キースの手はずっと震えたままだ。マチルダの服に手をかけるが、いつもは器用に動く指先がボタン一つ外せずにいる。どれだけ彼の心が乱れているのか伝わるようだった。

「も、申し訳……」

「いいの」

マチルダは僅かに身を起こして自分で服を脱ぎ始める。

その様子をキースはじっと凝視して、ほとんど瞬きをしない。少し恥ずかしく感じながら背中のボタンを外すと、露わになった肩にキスをされてドレスを脱がされた。

「あっ」

足にドレスが引っかかり、それに気を取られているとコルセットが外されていく。

彼の手はまだ震えていたけれど迷いは感じられない。スカートを膨らませていたパニエは引き摺り下ろすように脱がされ、マチルダは戸惑いの声を上げた。

「キース、あの…、あっ」

しかし、キースの動きは少しも止まらない。最後に残ったドロワーズも瞬く間に取り払われ、驚くほど強引に裸に剝かれてしまった。

「マチルダ様、とても綺麗です……」

ひとたび脱がせてしまうと、キースは深くついた息と共に囁きを漏らす。

しかも敢《あ》えてマチルダから少しだけ距離を取り、裸になった姿を上から下まで見つめるものだから恥ずかしくて堪らない。居たたまれなくなってベッドの端に寄っていくと滑り落ちそうになってしまい、寸前で抱きかかえられた。

「大丈夫ですか？」

「ご、ごめんなさい」

間近に迫ったキースの顔に、マチルダの心臓が大きく跳ねる。

背中に触れる彼の手はとても熱くて、ジワジワと全身に熱が広がっていくようだ。見つめる眼差しも熱っぽく、抱かれるのは初めてではないのに、今ほど彼を男と意識させられたことはなかった。

「震えていますね」

「だってそんな目で見るから……」

「……目？　私はどんな目をしていますか？」

キースは僅かに眉を寄せて、マチルダをまっすぐ見つめながら問いかける。

そんな眼差しさえ熱っぽいのに、彼は自分がどんなふうにマチルダを見ているのか自覚がないようだった。

「教えてください。悪いところは全て直します」

マチルダが震えているから、彼は自分が悪いとでも思ったのだろうか。

首を横に振って彼に抱きつく。少し強引なのも、全身を舐めるように見つめられるのも、きっと慣れないから恥ずかしいだけだ。嫌なわけではないし、キースを怖いと思っているわけでもない。そんなことより、自分に非があると勘違いして彼が手を止めやしないかと、その方が気がかりだった。

「キースに直すところなんてないわ。好きなようにしていいの」

「好きなように……。初めての時もそうおっしゃっていましたね」

「そうね」

頷くと、キースは少しだけ目を伏せて考え込んでいる。

「キース？」

「あの、どちらかというと私はマチルダ様のいいようにしたいので、自分本位にするのはあまり気が進みません。ただその…、私も男なので多少の願望くらいはあります。それをしてもいいのでしょうか……」

「願望？」

「はい。たとえば、こういうことを」

「あっ」

キースは首筋に唇を押し当て、舌を突き出している。うなじから鎖骨にかけてキスをしながら肌を味わい、声を上げるマチルダの反応をじっと窺っていた。

「…嫌ですか？」

僅かに顔を赤らめた彼と目が合う。

はっきりと言葉にはしないが、どうやらマチルダの身体を舐めたりキスをしたいと言っているらしい。恥ずかしいとは思うが、最初に抱かれた時もこれくらいはされている。わざわざ同意を求めるほどのこととは思えなかった。

マチルダは首を横に振ってキースの頬に唇を寄せる。すると、少しホッとした様子で彼が微笑んだので、胸がきゅうっと痛くなった。そんなに慎重にしなくていいのに、拒むつもりなんてないのだから。

「もし嫌だと思ったらおっしゃってください。そこで止めますからね」

「ん、あ…っ」

啄むようなキスを何度かして、もう一度首筋から鎖骨の辺りに唇が押し当てられる。

その間、指先はマチルダの胸に辿り着き、初々しく色づいた乳首を柔らかく転がしながら大きな手のひらでそっと包み込まれた。

「あ、ん」

甘い声を出すと、キースは僅かに息を呑む。

指先で反応を確かめながら肌に舌を這わせてマチルダの様子を窺う。そのうちに特に反応してしまうのが胸の突起だと分かったらしく、今度はそこに唇を寄せ、濡れた音を響かせながら観察するような眼差しを向けられた。

「ん、んっ、っは」

自然と息が上がり、徐々に身体が熱くなっていく。

キースの舌は強弱をつけながらマチルダの乳房を弄んでいた。その刺激はしばらく続き、次第にそれをもどかしく感じ始めると脇腹や腹部を手の甲で撫でられる。骨張ってゴツゴツした感触にぞくっとして身体がびくついた。

「あっ、あ、あぁ…っ」

マチルダはくすぐったさに似た刺激に身体をくねらせる。

その動きに合わせながら、硬く尖らせた舌先が胸から脇腹へ向かっていく。手の甲で撫でられるのとは違う感触に更に反応が大きくなり、正体の掴めないもどかしさを募らせていった。

「ああっ、んっ、やぁあっ」

けれど一際甲高い声を上げたところで、キースはピタッと動きを止めてしまう。

まさか嫌がっているとでも思ったのだろうか。マチルダは息を乱し、腹部を撫でていた彼の手に触れ、痛くないよう引っ掻いてその先をねだった。動きが止まったことで、もどかしさが切なさに変わってしまっていた。

「や、キース、キース…っ！」

キースは僅かに息をついて微笑を浮かべ、再びマチルダの肌に唇を押し当てる。

脇や腹部に何度もキスを落とされ、左の骨盤の周辺を固く尖らせた舌が行き交った。

その様子をじっと見ているマチルダの視線に気づき、彼は美味しそうに肌を舐めながら口角を引き上げる。太股を撫でていた手は身体の中心へ忍び、指先で優しく陰核を撫でられた。

「ん、あぁっ！」

「マチルダ様、分かりますか？　最初の時と全く違うんです」

「は、あ、あっ、あ、キースっ」

くちゅ、と卑猥な音が部屋に響く。

指が中に入れられたのはすぐに分かったが、それほどの違和感がなかったのが驚きだった。前はもっとピリッとした痛みがあったのに、今はそういう感じとは少し違う。出し入れを繰り返される度に濡れた音が激しくなり、ますます切なさが募っていく。

「聞こえますか？　どんどん溢れてくるんです」

「あ、あっ、あっ、ああっ」

キースの嬉しそうな声を聞きながらマチルダは何度も頷く。

けれど、そんな指摘をされて、内心では顔から火が出そうなほど恥ずかしかった。これが自分の音だと思うと逃げ出したい衝動に駆られるが、キースには伝わらないらしい。彼は指を出したり入れたりするのに夢中なようで、うっとりした目でソコを見つめていた。

「そんな場所をじっと見ないで……っ」

「どうしてですか？」

「だって、人の目に触れていい場所じゃないわ」

「自分で見たことは？」

「あ、あるわけないでしょうっ⁉」

力いっぱい否定すると、キースは少し驚いた顔を見せた。

まじまじとソコに視線を落として、思い出したように指を動かす。マチルダの身体はひくつき、知らないうちに彼の指を締め付けていた。

「あっ、ん、っは、はあ、ああっ」

「凄い。誘われているみたいです……」

「えっ⁉　ち、ちょっと…っ、キース、何をしているのっ⁉」

マチルダは指とは別の感触を中心に感じて目を見開いた。

信じられない光景だった。キースは股の間に顔を埋め、何の躊躇もなく舐め始めたのだ。

「あっ、ああっ、あーっ」

マチルダは足をばたつかせて身を捩る。

羞恥の限界を超える行為に両手で顔を覆い、何度も首を横に振った。けれどキースは顔を上げることなく舐め続ける。最初は敏感な芽だけを刺激していたのに、いつしか指と一緒に舌先まで中に潜り込ませてマチルダを追い詰めていった。

「あっ、あ、ああ、あっ、ああ」

言葉にならない喘ぎが、指の隙間から漏れていく。

身体の奥まで舐められて恥ずかしくて堪らないのに、聞こえる水音は激しさを増していた。熱い息がかかる度に彼の舌も指も締め付けてしまうのが自分でも分かってしまう。抵抗したいのに力が入らない。お腹の奥が熱くて切なくて、助けて欲しいとキースに手を伸ばした。

「ああっ、あ、あ、あ、あ――…ッ！」

身体を捻った途端、指先で奥の方を擦られてマチルダは弓なりに背を逸らした。

一際大きな嬌声を上げ、キースの指をきつく締め付ける。足のつま先まで力が入り、どこか遠くへ放り投げられてしまいそうな感覚に、全身をひくつかせながらシーツを握りしめた。

「……ッ、っは、あぁ、…あ、……、あ、……ぁ……」

目の前が真っ白になり、間を置いて身体から力が抜けてぐったりする。

いつ身を起こしたのか、キースはそんなマチルダの痴態をじっと見下ろしていた。マチルダは肩で息を乱していたが、すぐに顔がカーッと熱くなる。彼の唇が淫らに濡れ光っていて、それが何なのかを見せつけられているみたいだった。

「そんなところを舐めたりして、お、お腹…、壊しちゃうわ」

「大丈夫ですよ。私に感じて溢れた蜜が美味しくないわけがないでしょう。恥じる必要はありません。あなたはどこもかしこも綺麗なんですから」

「でも……」

戸惑いがちに口を開くと、キースと唇が重なる。

美味しいなどと本気で言っているのだろうか。自分から舌を伸ばしてどんな味か確かめようとしたが、すぐにキースの舌に捕まえられてよく分からなくなる。きつく絡められ、苦しくてもがくと少しだけ拘束が緩められた。

「あ…んっ」

そのうちに唇が離れ、身を起こしたキースは上衣を脱ぎ始める。

よく見ると彼の着衣は何一つ乱れていなかった。最初の時もそうだったが、自分ばかりが恥ずかしい姿を晒しているようで、どうにも納得がいかない。

「手伝うわ」

「馬を走らせるのにずっと外にいたので、あまり綺麗では……」

「いいの、私だって似たようなものよ」

「……ありがとうございます」

シャツのボタンを一つひとつ外し、戸惑うキースをよそに上半身を強引に剝いた。

彼の裸を見るのは二度目だが、程よく筋肉がついて肌もとても綺麗だ。マチルダは溜息をつき、吸い寄せられるようにその胸元に触れた。

「う…」

触れた場所がぴくんと震え、キースが微かに声を漏らす。

ちらっと見上げると乱れた髪から覗いた翡翠の瞳と目が合った。キースの顔はこんなに色っぽかっただろうか。ドクンドクンと激しく鳴る鼓動が指先に伝わり、マチルダの胸も同じように高ぶっていく。

「マチルダ様？」

「し、下も…脱ぐ？」

「見たいですか？」

「そ、それはその……」

マチルダは胸元からパッと手を離して、キースの下半身に目をやった。

興味がないなんて言えない。彼のことなら何だって知りたかった。やけに膨らんでいるように見えるのはどうしてだろう。いつもはこんなふうではなかったはずだ。

そんな心を読まれたようで、マチルダが凝視しているとキースは苦笑を漏らす。おもむろに手を取られて、まっすぐソコに持っていかれた。

「あっ!?」

マチルダは息を呑み、キースを見上げた。

服の上から手を添えただけなのにとても熱い。それに驚くほど大きくて硬かった。彼は眉を寄せて瞳を揺らめかせ、何かを堪えているように見える。そんな表情を見ているうちに、何故だか猛烈《もうれつ》な羞恥に襲われた。

「分かりますか？　男は興奮するとこうなります。私は構いませんが、直接見るのはまだ少し刺激が強いかもしれません」

「……っ」

キースに掴まれた手を振り払うことも出来ず、マチルダはガチガチに固まっていた。顔から火を噴きそうだった。頭がクラクラしてしまって、自分からはとても動けそうにない。

そのうちに彼は掴んだ手を自分の顔に引き寄せ、指先を口に含んだ。熱く弾力のある舌先で指の腹を転がされ、ちゅっと音を立てて唇が離れていく。

「んっ」

「このまま横になっていてください」

マチルダは耳まで真っ赤にして頷き、敢えてうつ伏せに寝転んだ。

ただ横になるだけでは駄目だった。少しでも彼が視界に入るだけで息が上がってしまうからだ。それなのに衣擦れの音が耳について離れない。今この瞬間、彼がどんな姿なのかを想像するだけでどうにかなってしまいそうだった。

「マチルダ様……」

ベッドが軋み、振動が伝わる。

背中に温もりを感じてびくんと肩を震わせた。キースの指先は腰のくびれをなぞり、首から肩甲骨にかけて何度も唇が押し付けられた。

「こちらを向いてはくれないのですか？」

「ん、や……っ、今はこうしていないと」

 マチルダは必死でそれだけ言って、このままでは枕に顔を埋めた。

 本当はキースを見たいけれど、このままでは心臓が持たない。情けないが、服越しで触った彼の下半身の感触が手に残っていて燃えるように熱いのだ。

「本当にいいのですか？　この方が恥ずかしいのでは……」

「いいのっ！」

「……分かりました。では、腰を少し上げられますか？」

「腰？　こ、こう？」

よく分からず、マチルダは腰を少しだけ持ち上げる。

「もう少し上げられますか？」

しかし、それでは足りないらしい。

マチルダはもう少し、あと少しと言われるままに腰を上げていく。すると、いつの間にか四つん這いの格好になっていて、腰を突き出す形になっていた。これはこれでかなり恥ずかしい。客観的に見たら、相当変な格好をしている気がした。

「ふぁっ!?」

ピチャっと濡れた音が聞こえて、突然の刺激を中心に受ける。

感覚だけでそれが何だか分かってしまった。キースがまたソコを舐めたのだ。

「ど、どうしてまた…っ」

「これだけ濡れていれば大丈夫でしょうか」

「え、え…っ、あぁっ！」

キースの呟きに動揺していると、指先で中心を広げられて熱い塊が押し当てられた。間を置かずに入り口が押し開かれ、徐々に彼でいっぱいになっていく。

「あ、あ、ああ、あぁーっ」

マチルダは言葉にならない声を発して、枕をぎゅうっと抱きしめる。

痛くて声を上げているわけではなかった。強い圧迫感はあるが奥へ進むごとにお腹の奥がぞくぞくする。たった一度抱かれただけなのに、まるでキースを受け入れるために身体が変化してしまったようだった。

「あぁうっ」

ぐっと最奥まで入れられ、堪らず身悶える。

キースの熱い手がマチルダの腰を掴み、心の準備をする間もなく抽送が始められた。肌のぶつかる音が規則的に響き、体液の混ざり合う音が耳につく。中を行き交う熱の正体が快感だと気づくまでそう時間はかからなかった。

「あっ、あん、あっ、あ、あぁんっ」

「っは、マチルダ様、少し力を抜いてください…っ。これではすぐに……」

「わ、わからな…、あぁっ、やぁあっ」

マチルダは首を振り甘い声を上げる。

中を擦られると勝手に締め付けてしまうのだ。それは分かっているのだが、どうやって力を抜けばいいのか分からなかった。

腰を掴むキースの手はどんどん汗ばんでいく。背後から聞こえる荒い息づかいに、時折切なそうな呻きが入り混じっていた。そのうちに汗で滑った手は腰を掴めなくなり、代わりにマチルダの両腕が掴み取られる。

「ああっ、あっ、あぁーッ」

マチルダの方は何も掴めるものがなくなり、枕に顔を押し付けるだけだ。

絶え間なく後ろから突かれて、その度に甲高い喘ぎを発し、狂おしいほどお腹が熱くなっていく。

不意に掴まれた腕に力が込められ、後ろに引っ張られる。自然と背中が弓なりに反れて、上半身がキースの方へと引き寄せられた。少しずつ角度が変わり、今度は下から突き上げられて、濡れた水音が激しさを増していった。

「や、ああっ、あ、あ、あーッ、あぁあっ」

「マチルダ様、マチルダ様…ッ」

「あ、はあっ、は、キース、キース…っ、私、もう、やああっ」

耳元にキースの息がかかり、ぞくんと奥が震えた。

それしか知らないみたいに彼は何度もマチルダを呼ぶ。後ろから抱きしめられ、密着した身体が熱くて呑み込まれてしまいそうだ。全身を小刻みに揺さぶられるとビクビクと足のつま先が震え、お腹に力が入っていく。切なくて狂おしくて愛しくて、世界がキースで染まってしまったみたいだった。

「や、あ、あぅ、あぁっ、キース、キースッ」

「はぁっ、っは、マチルダ様…ッ！」

「あ、あぁ、あ――…ッ！」

最奥の同じ場所を執拗に擦られ、マチルダは悲鳴に似た声を上げた。

同時にびくんと奥で精が弾け、その刺激で一層快感が募って目の前が白く霞んでいく。

苦しいほどの絶頂に打ち震え、生理的に溢れた涙をぼろぼろと零した。

キースは果てながらもマチルダに腰を打ちつけるのを止めようとしない。抱きしめる腕はぶるぶると震え、目眩がするほどきつく閉じ込められていた。

「は、は、はぁ、……はぁ、あぅ…ん」

「マチルダ様…、マチルダ様……」

熱に浮かされたようにキースはマチルダを呼び続ける。

耳たぶを甘噛みされ、僅かに振り向くと唇を塞がれた。断続的に起こる痙攣《けいれん》は彼を締め付けるのを止めないのに、身体の力は抜けていく。舌を絡め合いながらベッドに沈み、そこでようやく彼は腰の動きを止め、マチルダの身体は繋がったまま反転させられた。

「……やっと顔が見られました」

「ん、キース」

顔中にキスをされてマチルダはうっとりと彼を見つめる。

恥ずかしい気持ちなんてどこかに行ってしまった。残ったのは彼を愛しく想う気持ちだけ。こうしていることが夢のように幸せだった。

そうして互いに見つめ合ったままでいると、やがて彼は唇を綻ばせる。とても嬉しそうに笑みを浮かべていた。

「マチルダ様、今日が何の日か覚えていますか？」

「今日…？　ううん、分からないわ」

「あなたの誕生日ですよ」

「えっ、あ……」

言われて初めて思い出した。

逃げるのに夢中で、そんなことはすっかり忘れていたのだ。

「あなたがこの世に生まれてきてくれたことに感謝します」

「キース…」

「一生、私にはマチルダ様だけです」

「……私も同じよ。どんなことがあろうと一生あなたの傍にいる。自分自身とキースにそれを誓うわ」

「私も誓います。何があってもマチルダ様の傍にいると……」

互いの額を押し当て、手を握り合う。

それは紛れもない二人だけの夫婦の誓いだった。

教会で愛を誓うことは出来なくとも、周囲に認められなくとも、自分たちは誰より愛し合える相手と結ばれた。他に望むものなど何もない。彼の傍にいるだけで、こんなにも幸せでいられるのだから。

見つめ合い、そっと唇を重ねる。最初は小鳥の啄みのように、次第に甘く深く舌が絡んで互いの唾液が口端から溢れ、やがて夢中で貪り合った。

「愛しています。マチルダ様、私には本当にあなただけなんです」

キースは苦しげにマチルダを抱きしめる。

首筋を愛撫され、マチルダは彼の肩に唇を押し当てた。汗の味がするのに、何故かとても甘い。それを感じた途端、また身体が切なくなってきて、繋がったまま自分の中にいた彼を締め付けた。既に力を取り戻していたキースはその刺激に息を漏らし、抱きしめる腕に力が籠もった。

「今夜は離れられそうにありません」

浅く深く、ゆっくり始まった抽送にマチルダは涙を零す。

再び世界が彼で満ちていく。離れられないのは自分も同じだ。何度でも、一生をかけてでも確かめ合いたい。失ったものは計り知れないほど大きく罪深いが、キースを失わずに済んだことの方がマチルダには遥《はる》かに大切だった。

ようやく手に入れた唯一のものを手放すことのないよう繰り返し愛を確かめ、夜が明けるまで抱きしめ合っていた――。

第三章

カーテンの向こうから差す太陽の光と共に、仄かな紅茶の香りが部屋を包み始める。

長年続く朝を報せるその合図はいつもと変わらない。全て夢だったのではと錯覚させるほど穏やかに迎えた朝は、ここにきて一か月が経とうとする今でも同じだった。

「……おはよう、キース」

「マチルダ様、おはようございます」

もぞもぞしながらケットから顔を出すと、紅茶の準備をしていたキースは微笑を浮かべる。そのまま彼は紅茶を注ぎ、ミルクをたっぷり入れてベッドの脇にあるサイドテーブルにティーカップを置いた。

「今日もいい天気ですよ」

「本当ね。風が気持ちよさそう」

「後で海辺を散歩しませんか」

「ええ」

マチルダは窓の外を見ながら頷き、自分好みの紅茶を口に含み喉を潤した。

とても優しい、キースの味だった。ふと、ランズベリーにいた頃に侍女が言っていた懐かしい話を思い出す。彼が淹《い》れるものは何故か誰にも真似が出来ない。キースが指導しても決して同じようにならないのだと。

「海がすぐ傍にあるというのは良いですね。新鮮な魚がいつでも手に入るので料理をするのが楽しくなります」

「えっ、もう買い物を済ませてしまったの？　今日こそ一緒に行こうと思っていたのに……」

「早く起きすぎてしまったので」

「そう…。だったら、せめてお料理は一緒にさせてね」

「では、お皿を並べていただけますか？」

「それはお料理ではないと思うわ」

マチルダがじとっと見つめると、キースはクスクス笑って肩を竦める。

その顔を見て、既に朝食も作り終えていることを知り、マチルダはがっくりと肩を落とした。

今だって決して遅い起床ではないと思うのだが、キースの朝はとにかく早い。彼は少しでも新鮮な魚を手に入れようと週に三日は港へ足を運んでいるらしい。しかも、より良いものを漁師から直接買い付けるために朝陽が出始める頃には屋敷を出て行くようなのだ。他の日はもっとゆっくりした朝を過ごしていると言うが、マチルダが起きる頃には屋敷の掃除や庭の手入れ、朝食の用意までが大概終わってしまっている。おまけに気を遣ってほとんど音も立てないので、情けないことに彼がいつ起きているか分からない始末だ。

このままではいけない。キースばかりにやらせるわけにはいかないと思い、何度も手伝おうとした。しかし、危ないからと包丁も掃除用具もすぐに取り上げられてしまい、家事らしきものをまともにさせてもらえた試しがない。要するにマチルダは何一つ役立つことをしていないのだ。

「マチルダ様、本日のお召し物はこちらで宜しいですか？」

キースは持ってきた衣裳掛けの傍に立って、淡いグリーンのドレスに手を添える。

「……それ、昨日まではなかったわ」

「出来上がったのを今朝取りに行ってきたんです」

「もう充分揃えてもらっているのに」

「いくつあってもいいじゃありませんか。きっと似合いますよ」

「……」

素直に頷けず、マチルダは無言で立ち上がる。

そのドレスに不服があるわけではなく、内心ではとても素敵だと思っていた。けれど、キースが用意する服は増えていく一方で、衣裳部屋を埋め尽くす勢いだ。家具や食器も買い揃えているので、全てを合わせると相当出費が嵩《かさ》んでいることだろう。

　この屋敷にしても安い買い物とは思えないのに、キースはこれらを購入する資金をどうやって工面しているのかを教えてくれない。もちろん何度も聞いてみた。しかし、気にすることではないからと、いつも笑ってはぐらかされてしまうのだ。

「思ったとおり、とても綺麗です」

　キースは目を細めながらマチルダに服を着せていく。

　器用な指先が背中のボタンを留め、腰より高い位置にあるサッシュでウエストを結んだ。

「着替えくらい、手伝ってもらわなくても一人で何とか出来るわ。ランズベリーでも侍女たちの手をあまり煩わせなかったのよ」

「そのようなことをおっしゃらず、どうか手伝わせてください」

「あ、ん…っ」

　首筋に唇が押し当てられ、後ろからそっと抱きしめられる。

　彼の匂いと温もりに包まれて昨夜の情事が頭に浮かんだ。当たり前のように日々繰り返される甘い情交は大概一度では終わらない。夫婦の営みがこんなに頻繁で沢山するものとは知らなかったが、キースは事に及ぶ前に必ずマチルダの意思を確認してくる。断る理由もないのでいつも受け入れていたら、どんどん快感に弱くなっていった。

「愛しています。マチルダ様」

「キース、私も…」

潤んだ瞳のキースを見つめ、唇を重ねる。

このまま身を委ねてしまいたいと思う自分はとても淫らだと思った。

しかし、何とか気持ちを抑えて身体を離し、気持ちを落ちつけるために深呼吸を繰り返す。

——朝から何を考えているの。しっかりしないと……。

いい加減、キースに甘えたままでいるわけにはいかない。一人の使用人もいない中で、以前よりも負担が大きいはずだ。どうやって工面しているか分からない資金も、いずれは底をついてしまうだろう。

家を捨てたマチルダはもう貴族の娘ではないし、キースも傍付きの執事ではない。そもそもランズベリーにいた頃のような生活などマチルダは望んでいない。自分たちには、もっと違った形があるはずだ。二人だけの夫婦の誓いはそのためのものでもあった。

「マチルダ様？」

「……なんでもないわ。食事にしましょう。お皿を綺麗に並べないとね」

笑いかけると、キースも嬉しそうに頷く。

この一月、夢のように幸せな日々を送った。けれど同時に反省の日々でもあった。

マチルダは彼の隣を歩いていきたいと思っている。危ないものを全て避けてもらうのではなく、一緒に越えていきたいのだ。すぐには難しくとも、少しずつでいいからそう出来たらいいと思っている。

そのためには何をすべきなのかを考え、既に答えは見つけていた。

いつまでも真綿に包まれたままでは、望む関係を手に入れられないと思ったから――。

❀　❀　❀

朝食後の海辺の散歩から戻り、居間で休んでいるとキースが紅茶と菓子を持ってきた。

彼は本当に一時もじっとしていない。マチルダの傍にいる時だけは他に意識を向けずにいるが、それ以外は休まず動いてばかりだ。

ところが、週に一度だけ、キースは決まって違う行動をとる。

身支度《みじたく》を整えてどこかへ出かけ、マチルダを屋敷に残して二、三時間は戻らない。

買い物だと本人は言っているが、帰宅した彼がいつも手渡してくるのは町中で購入したらしい花束だけだった。

――職を探しに行っているか、もしくは既にどこかで働いているのかもしれない。

週に一度きりしか出かけないのは、それを気づかせないために違いない。やはり相当な無理をさせているのだ。マチルダはそんなふうに考えていた。

「これから少し出かけてきます。なるべく早く戻りますので」

「ええ、気をつけてね」

「私がいない間は誰が来ても出なくていいですからね。この辺りは治安が良いようですが、安心は出来ませんから」

「分かったわ」

素直に頷くと、キースはにっこり笑って部屋を出て行く。

見送ろうとすると遠慮されてしまうので、マチルダは窓から彼の姿を目で追いかけた。

庭の奥には厩舎《きゅうしゃ》がある。彼は他愛ない買い物でさえ追っ手を警戒して、厩舎の馬か手配した馬車を使い、帽子を目深に被って外出する。

厩舎にいるのはランズベリーから一緒にやってきた馬で、今ではすっかり仲良しだ。キースは厩舎から連れ出した馬の背を慣れた様子で跨《また》ぐ。そんな彼のいつもの姿は徐々に遠ざかり、やがて足音も聞こえなくなった。

「さてと…」

しばし蹄《ひづめ》の音に耳を澄ませていたマチルダだったが、ややしてテーブルに戻り、紅茶を一気に飲み干した。汚れたカップやティーポットは調理場で洗い、丁寧に拭いてから棚に戻していく。

この迅速な行動には理由があった。キースが出かける日を狙って、やろうと思っていたことがあったからだ。

「私にだって出来ることがあるはずよ」

そう呟くなり、マチルダは颯爽《さっそう》と外に出て行く。

一人で町へ出るのは今日が初めてだったが、前向きな気持ちしかなかった。

❀　❀　❀

それから半時ほどが経ち、乗り合いの馬車を使ってマチルダが向かった先は、町で二番目に大きな屋敷だった。

ここは前にキースと家具を選びに来た時に偶然通りがかった場所だ。持ち主はかなり手広く事業を興していて、町ではかなりの有力者らしい。しかし、マチルダが興味を持ったのは、この屋敷の持ち主が貴族ではないという点だった。

「失礼ですが、当家の主人をお訪ねですか？」

門前に佇《たたず》んでいると、屋敷から黒服の紳士が出てくる。

この家の執事だろうか。不審者と思われたのだろうと謝罪し、マチルダは事情を話すことにした。

「ごめんなさい。旦那様と面識はありません。あの、ここで働かせていただけないかと伺いにきたんです」

「あぁ、そうでしたか。紹介所からの斡旋《あっせん》か、どなたか紹介者はおられますか？」

「えっ？」

「ここで働く者は、身元の確かな者と決められておりますので」

そう言われて、マチルダは顔を強張らせた。

少し考えれば分かるはずなのに、そんなことすら頭になかった。本当の身元など明かせるわけがないし、紹介者などいるわけもない。意気込みだけで何とかなると思っていた。

「斡旋はありません。紹介者も……」

「そうですか。ならば残念ですが」

「待ってください。最近この町にやってきたばかりで知っている人がいないんです。それでも、どうしてもここで働きたいんです。何でもしますから、検討していただくことは出来ませんか」

「……お住まいはどこに？　お金に困っている身なりにはとても見えませんが」

「町の外れに並ぶ屋敷の一角に住んでいます」

「え…？　あのような場所に住まわれている方がどうして……」

執事は眉を寄せ、訝しげにマチルダを見ている。

怪しまれるのは当然だ。あの一角はどの屋敷も立派でキースの屋敷も見劣りしない。そんなところに住んでいる人間が何でもするだなんて、どう考えてもおかしいと思うだろう。

この屋敷にこだわったのは、ここの主人が貴族ではないという一点に尽きた。自分を知る者などいないだろうと、たったそれだけの考えでやってきたのだ。見通しが甘いというしかなかった。

しかし、これ以上詮索されるわけにはいかない。身元が割れたら大変なことになってしまう。残念だが、もっと身元の確認が緩い働き口がどこかにあるはずだと前向きに考え、この場を引き下がろうとした。

「どうした。門前で何をしているんだ?」

「旦那様、お帰りなさいませ」

ところが、マチルダが諦めかけたその時、背後に馬車が止まった。

振り返ると仕立てのいいスーツを着こなした紳士が中から出てきた。執事の言葉から判断するに、どうやら彼がこの家の主人のようだった。

「申し訳ありません。こちらの女性がここで働きたいようなのですが、紹介者がいないとのことで……」

「ここで?」

男は少し驚いた顔をしてマチルダをまじまじと見つめる。

マチルダは少し居心地が悪くなって後ずさった。これ以上怪しまれればキースに迷惑をかけかねない。それだけは絶対に避けなければならなかった。

「あの、私……」

「君は何か楽器が弾けるか? ピアノなど嗜《たしな》み程度でもいいんだが。もちろん文字の読み書きは最低限出来て欲しいところだ」

だが、男の問いかけは予想と全く違うものだった。

「は、はい。ピアノとヴァイオリンなら出来ます。読み書きも問題ありません」

マチルダは首を傾げながらも素直に答える。微かな期待を感じたからだ。

「旦那様？」

「クリフォード、おまえは彼女の何を見ていたんだ？　立ち姿や眼差しを見れば卑しい人間ではないと分かるだろうに」

「それはそうですが。しかし……」

「お嬢さん、名前は？」

「……マチルダです」

「私はこのエドワーズ家の当主、クライヴだ。早速明日からお願いしていいだろうか」

「あの…？」

「私には九歳になる娘がいてね。君にはあの子の、アンジェリカの家庭教師を任せたい。本当は話し相手程度で充分なんだが、それはあの子の反応次第といったところか。マチルダ、どうだろう。来てくれるかい？」

「…ッ、はい！」

思わぬ話にマチルダは二つ返事で頷いた。

クライヴは満足げに笑い、クリフォードに顔を向ける。

「クリフォード、そういうことになった」

「……承知しました」

「ではマチルダ、詳しい話はこのクリフォードから聞いてくれ。私は先に失礼するよ」

にこやかに笑いながらクライヴは屋敷に戻っていく。

その後ろ姿を黙って見送っていたが、ややして苦笑を浮かべたクリフォードに声をかけられた。

「よかったですね。旦那様は困っている者を放っておけない性分なのですよ。それでも闇雲に手を差し伸べているわけではありません。人を見る目は一流ですから。……それでは明日以降の話をしましょうか。中へどうぞ」

「はい！」

正直に言って、何を見てマチルダに手を差し伸べてくれたのかは分からなかった。

それでも、たとえ同情でもいい。諦めかけた矢先の幸運な出会いに感謝するばかりだった。九歳の少女の家庭教師。どんな子だろうと考えただけで顔が綻ぶ。今の自分に出来る精一杯のことをやろうと心に決め、マチルダは軽やかな足取りでクリフォードの後をついて行った。

❀　❀　❀

「一体どこへ行っていたのですか!?」

夕暮れが迫る屋敷の中で、キースの声が大きく響いていた。

マチルダは小さくなりながら何度も頭を下げる。

「ごめんなさい、本当にごめんなさい……ッ」

もっと早く帰宅出来ると思っていたのだが、彼よりも遅くなってしまった。

屋敷に戻って誰もいないことに気づき、キースはかなり焦ったのだろう。一足違いでマチルダが帰った時、蒼白な顔で外に飛び出した彼と遭遇した。

キースはマチルダを見つけるなり、強張った顔を歪めて唇を震わせていた。今にも泣いてしまいそうな表情に、どれだけ彼を心配させたのかと激しく後悔した。自分が相手の立場だったらどう思うのか。その配慮があるだけで、彼にそんな顔をさせずに済んだけずだ。

反省しきりのマチルダを見てキースは大きく息をつき、ぐったりと壁にもたれ掛かった。

「マチルダ様、ここから一歩も出てはいけないなどと、狭量なことを言うつもりはありません。あなたを一人残して出かけた私も悪いのですから。ただ、あまりに突然だったので、何か良からぬことが起こったのではないかと……」

「ごめんなさい。心配をかけてごめんなさい」

せめて書き置きの一つでも残しておけばよかった。

どうしてそうしなかったのだろう。せっかく色々なことがうまくいった素敵な日だったのに。

「分かっていただければいいんです。もう謝らないでください。とりあえず座りましょう」

キースに促されて、マチルダはソファに座る。

その隣に彼も腰掛け、じっと手元を見つめられた。

「あ、これ…、キースに」

「私に？」

「いつも貰ってばかりだから」

「……ありがとうございます」

キースは驚いた様子でマチルダから花束を受け取る。

帰宅途中に通りがかった花屋で購入したが、渡すどころではなくなり手に持ったままだったのだ。

「まさか、これを買いに？」

初めての贈り物に強張った表情は消え、キースは嬉しそうに目を細める。

その様子にマチルダはほっと息をつく。機嫌をとるつもりで買ってきたわけではないが、喜んでくれたことに安心した。

「キースも買ってくるかもとは思ったけど、プレゼントしたかったの」

「それはそれです。とても嬉しいです……。——そういえば、自分で買ってきた花束はどこに置いたんでしょう？　屋敷中を走り回っているうちに失くしてしまったようです」

「私も一緒に探すわ」

考え込むキースの腕に抱きつき、マチルダは彼を見つめる。

今日もどこかで働いてきたのだろうか。それとも職を探していたのだろうか。

身元を明かせないというのは想像以上に大変なことだったのに、何も分かっていなかったことがとても恥ずかしい。ずっと一人で悩ませていたのだとしたら、本当に申し訳ないことをしてしまった。

「あのね、キース。私、明日からエドワーズ家で家庭教師をすることになったの」

「え…？」

「前にキースと一緒に通りがかったことがあるでしょう？　あの家には九歳になる女の子がいるんですって」

「は？　ちょっと待ってください。家庭教師って何ですか。何故マチルダ様がそのようなことをしなければならないのですか？　あなたを働かせるなどとんでもありません。お金のことを気にされているのでしたら何の心配もないと何度も申し上げて」

「違うの。違うから…ッ。そういうことではなくて……」

険しい眼差しを向けられてマチルダは慌てた。

キースの反応はある程度予想していたが、想像よりずっと厳しかった。それでも、この気持ちを少しは理解してもらいたい。資金面が気になっていたのは確かだが、それだけではないのだ。説明すればきっと分かってくれる。彼はいつだってマチルダの気持ちを汲んでくれた。

「私、この一か月、キースと対等でいたいってずっと思い続けていたの」

「……対等、ですか？」

「そうよ。だって私たちの間には、もう主従関係はないはずだわ。それなのにいつまでもキースの手を煩わせていては、何も出来ない駄目な人間になってしまう。私はキースに頼りにされる人間になりたいのよ」

「だからといって、なぜ家庭教師なのですか？」

「別にこだわっているわけじゃないわ。家を出た今の私は普通の生活がどんなものかも分からない世間知らずだし、社会がどう回っているのかあまり理解出来ていない。何でもキースに任せきりにしないで、もっと多くのことを自分の目で見てやらなければいけないと思ったの。だって花束を一人で買うことさえ初めてだったのよ」

「マチルダ様……」

キースは瞳を揺らめかせ、花束を握りしめている。

しばし沈黙が続いたが、やがて彼は大きく息をついて目を伏せた。

「悩みに気づけなかった自分が情けないです」

「違うわ。なかなか言い出せなかった私が悪いのよ」

そう答えるとキースはマチルダを抱き寄せ、首筋に顔を埋める。

花の香りがふわりと漂い、優しく鼻腔をくすぐった。

「……そこまでの考えがあるなら、私には止められません」

「キース」

「ですが毎日は駄目です。当然住み込みも」

「大丈夫よ、他にも家庭教師がいるみたいで週に三日だけなの。通いたいと言ったら驚かれたけど、ちゃんと理解してくれたわ。貴族の家ではないせいか、あまり形式張ったことにはこだわらないみたい」

「そうですか」

「心配かけてごめんなさい。それから一人で決めてしまったことも……」

「もう謝らないでください。お気持ちは分かりましたから」

キースは苦笑を漏らし、マチルダの唇に触れるだけのキスをする。

不服そうな表情は消えていないので完全には納得していないのだろう。

それでも理解を示してくれたことに安堵し、マチルダは彼の腕の中でほっと息をついた。

❀　❀　❀

翌日の午後からがマチルダの初仕事だった。

初日は顔見せ程度と聞いたが気は抜けない。予定より早めに到着して通された部屋で待っていると、やがて小さな女の子が扉からちょこんと顔を覗かせた。

「あなたがマチルダ？」

扉から出した顔はまだあどけない。

この子がそうだと思い、マチルダは笑顔を浮かべて立ち上がった。

「初めまして、アンジェリカ」

「私の名前、もう知ってるの？」

「ええ、昨日聞いたのよ」

アンジェリカはじっとマチルダを見ている。

身長差を縮めるために彼女と同じくらいまで屈み、その顔をまっすぐ見つめた。栗色の髪に茶色い瞳、口角がきゅっと上がって愛嬌のある可愛らしい顔立ちだ。好奇心の強そうな眼差しが妹のジョディを思い起こさせた。

「マチルダもお父様のことが好きでここに来たの？」

「え？」

不安げに見つめられて、マチルダは首を捻る。

意味が分からなかったが、正直が一番だろうとありのままに答えることにした。

「アンジェリカのお父様とは昨日初めて会ったばかりで、まだあまり仲良くなれていないの。だけど雇ってもらえたことを、とても感謝しているわ」

「そうなの？　じゃあマチルダは本当に私のために来たのね？」

「ええ」

頷くと、アンジェリカはみるみる顔を輝かせた。

当たり前のことを答えただけだが、どうしてこんなに喜ばれているのだろう。不思議に思いながらアンジェリカを見つめていると恥ずかしそうに手を伸ばしてきたので、その小さな手をそっと握りしめた。真っ赤な顔で満面の笑みを浮かべる様子が可愛くて、マチルダも自然と笑顔になってしまう。

「おや、珍しい。もうアンジェリカ様と仲良くなられたのですね」

扉を開けたまま手を握り合っていると、執事のクリフォードが顔を見せた。

「ねぇ、クリフォード。マチルダを私の部屋に案内するわ。これからずっとよ！」

「それはそれは。とてもいいことですね」

「うふふ。マチルダ、私の部屋を見せてあげる」

アンジェリカの無邪気な様子にクリフォードは顔を綻ばせている。

部屋に行くことはそんなに喜ぶべきことなのだろうか。二人の会話に少し疑問を感じたが、マチルダは何も聞かずに小さな手に引っ張られていった。

連れて来られたアンジェリカの部屋には暖炉とベッド、勉強用の机と書棚が一つ。それから窓辺に所狭しと飾られた沢山の人形が印象的だった。それら全てが両親からのプレゼントだという。特に父クライヴは月に数日しか屋敷に戻らないこともあるようで、寂しくないよう人形を贈り続けているうちにこれだけの数になってしまったらしい。

「私ね、マチルダを見た瞬間に思ったのよ。プラチナブロンドの髪と青い瞳が、この子にとっても似てるなぁって」

アンジェリカはレースのドレスを着せたビスクドールを指差してはにかむ。

吸い込まれそうな瞳は生きた人間のようで、思わず見入ってしまう精巧さだった。

「私、こんなに可愛いかしら？」

「絵本に出てくるお姫様みたいよ」

「あ、ありがとう」

あんまり褒めるから顔が熱くなり、マチルダは俯きながら両手で頬を押さえた。

そんなマチルダをアンジェリカは食い入るように見ている。心の中まで覗き見られてしまいそうな、まっすぐな瞳だった。

「マチルダ、一つだけお願いをしてもいい？」

「ええ、私に出来ることなら」

「うん。あのね、お父様のことを好きにならないで欲しいの……」

アンジェリカは顔を曇らせて願いを口にする。

今にも泣きそうな眼差しを見て、やけに父にこだわるその理由が分からず首を傾げた。

「だって、これまでの先生はみんな〝そう〟だったから。最初は違っても、段々〝そう〟なってしまうんだもの」

「〝そう〟って…、旦那様を好きになってしまうということ？」

「ん…、うちに来た女性の家庭教師は皆、お父様のことを誘惑しようとするの。侍女の話では既成事実っていうのを作ろうとした人もいたって。お父様は忙しくて、ただでさえあまり家に帰れないのに、そのせいで余計に帰れなくなってしまったの。……お母様はその理由を知らないから、放っておかれていると思って怒って家出してしまったわ。凄く寂しがりやなの。もちろん居場所は知っているし、連絡は取り合っているけど、お父様が口を噤んでいるうちにこうなってしまって。お父様ったらね、お母様には浮気の心配をして欲しくないんですって。本当のことを言っちゃえばいいのに、絶対に嫌なんですって」

「そんな…。確か今も家庭教師が他に二人いるって聞いたけど」

「あの二人はおじさんだから平気よ。今までの家庭教師は私が辞めさせてしまったから自分で選んだの。だって誰一人私のために来てくれた人はいなかったんだもの」

「……じゃあ、私が来たことで不要な心配をさせてしまったのね」

想像もしない展開にマチルダは頭を悩ませた。

少し会話をしただけだが、アンジェリカの父クライヴはとても優しい人柄だった。困っている人を放っておけないとクリフォードも言っていたが、そんな性格だからこそマチルダを雇ってくれたとも言える。

しかし、町でも有数の実業家となれば彼を狙う女性も多いのだろう。それを目的として家に入り込んできたとすれば、アンジェリカにとってこれほどの不幸はない。そのうえ、家庭教師は住み込みがほとんどだから、嫌な場面に遭遇してしまうこともあったのかもしれない。

そんなことが続けば疑いを持つのは当然だ。初対面のマチルダにいきなりこんなお願いをしてくる時点で、彼女の心に傷が残っていることも想像に難くなかった。

それでもマチルダを部屋に上げたということは、心を開いてみようとアンジェリカの方から歩み寄ってくれているのではないだろうか。先ほどクリフォードに向けた笑顔がそれを物語っている気がした。

もしそうなら、小さく芽生えようとしているその信頼を壊したくない。そもそも難しい要求をされているわけではなく、マチルダにその気がなければ済む話だ。誤解を招く行動を取らなければ、それで充分なのではないだろうか。

「アンジェリカ。言っていなかったけれど、私にはもう旦那様がいるのよ」

「えっ」

「わけあって式は挙げていないのだけど、他の人が目に入らないくらい私は彼が大好きなの。だから絶対に大丈夫だって言えるわ。もしも信じるのが難しいなら、私の行動で見てもらえたら嬉しい」

笑顔で答えるとアンジェリカはしばし目を丸くしていたが、やがて嬉しそうに大きく頷いた。

「分かったわ！　本当言うとね、初めて見た瞬間からマチルダと仲良くしたいと思っていたの。だってこの子と似ているのに酷い人だって思いたくなかった。良かったぁ……！」

「ありがとう」

アンジェリカは両親にプレゼントされたビスクドールを抱きしめて笑う。

ひとまず信じてくれたことにマチルダはほっと息をつく。そのまま手を引っ張られ、勉強机へ連れて行かれた。早速授業らしきものをするのかと思ったが、考えていたような勉強はアンジェリカには必要ないようだった。聞けばピアノもヴァイオリンも他の教師が教えている。頭脳も明晰で、外国の書物でさえある程度は読めてしまうらしい。そのうえ、マナーやダンスも教え込まれ、絵心まであるようだった。

つまるところ、教えることなど何もないのだ。町でも上位を争う名士というのは伊達ではない。娘の教育も上級貴族と何ら変わらないものだった。

けれど、アンジェリカはマチルダを必要とした。話し相手が欲しかったのだという。元々そんなことは言われていたし、彼女の反応次第と聞いていたが、その意味がようやく分かった気がした。アンジェリカが欲しかったのは心から信頼出来る友人だったのだ――。


その後、アンジェリカとはますます話が弾み、何時間も二人で過ごしていた。

これほど気を許せてしまうのは、彼女の活発そうな眼差しがジョディに似ていたからかもしれない。まっすぐな目で『お姉様』と笑いかける妹が大好きだった。今になってそんなことをしみじみ思い、マチルダはアンジェリカの瞳にジョディを重ねながら、あの子は今頃何をしているだろうとこみ上げそうになる涙を堪えた。

「じゃあ、マチルダは生まれた時から彼が近くにいたのね」

キースとのことをマチルダから聞きだし、アンジェリカは感心した様子で何度も頷く。

詳細は言えないので、同じ場所で生まれたこと、互いに好き合っていたと知ったのは最近になってからということ、それからすぐに一緒になったことだけをおおまかに話しただけだが、彼女は頬を染めてうっとりしていた。

「いいなぁ、すごく憧れちゃう。私にもそんな人が現れたらいいのに」

「そうね。きっと現れるわ」

「だけど、自由な恋愛なんて私に出来るかしら。やっぱり大人に決められてしまうのかな。だとしても、浮気はほどほどにしてくれる人がいいかも」

そう言って、アンジェリカは肩を竦めて苦笑する。

貴族でなくとも、家が大きくなるほど自由はなくなるものだ。九歳とはいえ彼女は自分の立場を理解しているようで、懸命に現実を見つめようとしている。そんな姿に切なくなり、抱きしめてあげたくなった。

――コン、コン。

不意にノックの音がして我に返る。そろそろ終わりの時間かと思ったが、お茶の時間を知らせに来たらしく、クリフォードがティーワゴンを押した男性と入ってきた。

「――え？」

しかし、その男性を見てマチルダは瞬時に固まってしまう。

綺麗な黒髪に目を引かれたのも束の間、よく見るとこの場にいることを平然と見ていられる相手ではなかったのだ。

「ね、ね、クリフォード。彼は誰？」

アンジェリカはその男性にすぐに興味を持ったようだ。

紅茶の準備をする姿をチラチラ見ながら頬を染め、クリフォードに耳打ちしている。

「とても筋のいいところから紹介をいただきまして。私の補佐として来てもらうことになりました。挨拶をかねて紅茶を振る舞いたいそうなので、少しだけお時間をいただいても宜しいでしょうか？」

「もちろん！　私はアンジェリカよ。あなたのお名前は？」

「キースと申します。週に三日ほどの通いとなりますが宜しくお願いします」

「あら、マチルダと同じなのね。彼女も今日から来てくれているのよ」

突然自分に話が振られて、マチルダはぎこちなく立ち上がる。

どんな顔を向けられるのかと思ったが、彼はマチルダを知っているとは微塵も感じさせない爽やかな笑顔を浮かべていた。

「初めまして、キースと申します」

「……っ、マ、マチルダ、です」

マチルダは何とか笑顔を作ったが動揺は隠せない。

広い世の中だ。生きていれば似た人に会うこともあるだろう。けれど見分けがつかないほど似ている人間がいるとするなら現実は双子くらいなものだ。だが目の前の彼は名前まで同じなわけで、瓜《うり》二つの別人にすらなっていない。

マチルダは不躾《ぶしつけ》なまでにキースを目で追いかける。ティーポットからカップに紅茶を注ぐ所作はいつもどおり全く無駄がない。アンジェリカなどはそんな姿に釘付けになって、差し出された紅茶を一口飲むなり目を輝かせた。

「やだ美味しいっ！　クリフォード、この茶葉はいつものと同じ？」

「ええ。不思議でございましょう。先ほど旦那様もいただき、大変喜ばれておりました」

「お父様が帰っているの!?」

「はい。後でこちらにも寄られるのではないでしょうか」

「そうなんだ。あ、マチルダも飲んでみて！　とっても美味しいのよ！」

「え、ええ」

頷くとマチルダにも紅茶が差し出され、すかさずそれを口に含む。

この味は間違いなくキースのものだ。確信して顔を上げると彼の口元が柔らかく綻んだ。

——あ…、ここにキースがいるのは偶然じゃないんだわ。

表情でそれが分かり、問いかけたくてウズウズしてくる。どんな経緯があったかは知らないが、彼もこの屋敷で働くことになったというのは間違いないらしい。

「アンジェリカ、楽しくやっているかい？　…おお、人がいっぱいだな」

優しい紅茶の香りが部屋を包む中、今度はクライヴがやってくる。

そういえば、彼が帰って来ているとクリフォードが言っていたことを思い出し、マチルダは立ち上がった。その横をすり抜け、アンジェリカは父に駆け寄り、迷いなくその胸に飛び込んでいく。

「お父様！」

「アンジェリカ、今日も元気いっぱいだね」

「だって嬉しいんだもの！　昨日帰ってきたから、今日は帰らないと思ってた」

「たまにはこういう日もなければね。良い子にしていたかい？」

「もちろんよ」

「よしよし。……あぁ、マチルダ。よく来てくれたね」

アンジェリカを抱き上げながら、クライヴは柔和な笑みをマチルダに向ける。

「早速仲良くさせていただいています」

「それはよかった」

「お父様！　今日の夕食にマチルダを誘ってはだめ？」

「ああ、それはいいね。どうだろうマチルダ。残念ながら今は妻を紹介出来ないが、せめて我々の自己紹介をしたいんだが」

にこやかなクライヴの提案にマチルダは僅かに考え込む。

本当は夕食までには家に帰れると思っていた。けれどキースはここにいて、すぐには帰れないだろう。彼にも食事は提供されるだろうし、それならいっそここで皆と食事をしてから帰った方が寂しくないように思えた。

「ええ、是非」

「遅くなっても泊まれる部屋はいくらでもある。気にせずゆっくり過ごしていきなさい」

クライヴはそう言って、抱き上げていたアンジェリカを下ろす。

そして、ふとテーブルの上に置かれたティーカップに目をやり、彼は後ろにいるキースを振り返った。

「アンジェリカ、彼の紅茶はどうだった？」

「凄く美味しかったわ！」

「そうだろう。キースは私の懇意にしている方からの紹介でね。上級貴族のもとで長く仕えていたらしい。……キース、うちは貴族の家ではないし色々勝手が違うかもしれないが、これから宜しく頼むよ」

「こちらこそ宜しくお願い致します」

「まぁ、そうだったの。お母様がいたら喜びそうね。元は一応貴族だもの」

「えっ？」

黙って聞いていたマチルダだったが、アンジェリカの最後の言葉に驚きの声を上げた。

アンジェリカの母が元貴族？　――ということは、クライヴは身分差を乗り越えた結婚をしたということ？

そんなマチルダの驚きに気づき、クライヴは苦笑しながら答えた。

「案外うまくいくものだよ。怒らせるとなかなか許してもらえないがね」

彼はそれ以上のことは言わなかったが、マチルダは一気に親近感を覚え、クライヴの言葉に笑顔で頷いた。

その眼差しを見ているだけで彼が妻を愛しているのが伝わり、胸が高鳴っていく。自分たちもそんなふうに互いをずっと想っていきたい。マチルダはドキドキしながらキースに目を移した。

ところが、無表情で冷たい眼差しがクライヴに向けられていたことに気づいて、マチルダはビクッと肩を震わせた。初めて見る表情に戸惑い、気のせいかと目を逸らしてからもう一度キースを見る。やはり気のせいではなかった。

「ではマチルダ、一緒においで。食堂へ案内しよう」

「は、はい」

話しかけられ、マチルダは慌てて笑顔を取り繕う。

──キースはどうしてあんな顔をしているの？

聞けないもどかしさに悶々とするも、アンジェリカに引っ張られてやむを得ず部屋を後にする。

そのまま食堂に向かい、夕食までの間はアンジェリカやクライヴの話に耳を傾けていたが、上の空になってしまって内容は半分ほどしか覚えていない。クリフォードに連れられたキースが食堂にも姿を見せ、食事中までも肉を取り分けたりワインを注ぎに回ってくるので、そればかりを気にしていたからだ。

しかし、その後のキースに変わった様子は見られなかった。

それどころか、時折侍女たちに話しかけられて、にこやかに受け答えをしている。突然やってきた若い執事に、彼女たちはソワソワしているようだった。そんな空気を気にすることなく彼は自分からも話しかける。すぐに打ち解けた雰囲気がその場に流れた。

チリチリとした胸の痛みがマチルダに焦燥感を抱かせる。ランズベリーでも感じたことのある、とても嫌な感情だった。今でもまだこんな気持ちで揺れるだなんて…。

隣ではアンジェリカが不思議そうにマチルダを見ていたが、気づかない振りをするので精一杯だった。

❀　❀　❀

すっかり日が落ち、三日月が夜空に姿を見せていた。

用意された馬車でマチルダが帰宅したのは一時間ほど前のことだ。その間、広い居間をぐるぐる歩き回りながら、今か今かとキースの帰りを待ち続けていた。

やがて外から馬の足音が聞こえ、マチルダは部屋を飛び出す。出迎えようと扉に手を伸ばすと、それより前にキースが姿を現した。

「マチルダ様？　そんなところにいては風邪を引いてしまいますよ」

家に戻るなり勢いよく出迎えたマチルダに少し驚いた顔を見せたが、キースはすぐにふわりと笑う。

何となくそれにほっとして、「おかえりなさい」と声をかけた。

「部屋に戻りましょう」

彼はマチルダの肩に触れて戻るよう促す。

素直に従いながら、マチルダはキースの横顔を盗み見た。いつもどおりの穏やかで優しい顔。そんな彼を独り占めしたいと思ったのは久しぶりのことだった。

「色々と質問される覚悟で帰ってきました」

マチルダをソファに座らせ、隣に腰掛けながらキースは呟く。

それを聞いてハタと気がつく。聞きたいことがありすぎてウズウズしていたのに、他のことに気を取られてすっかり本題を忘れていたのだ。

「そ、そうよ！　びっくりしたんだから。どうしてキースまであのお屋敷に？　というか、私は紹介者もいなくて大変だったのに、どうしてキースは誰かの紹介がもらえるの？　分からないことだらけで、私には何が何だか……」

聞きたいことが纏まらず、自分でも何を言っているのかよく分からない。

それでも困惑していることは充分伝わったみたいだ。キースは目を細めて頷き、マチルダの腰にさり気なく腕を回した。

「マチルダ様。考えてもみてください。私たちはもう何年もずっと一緒でした。一日の多くを互いの姿が見える場所で当たり前のように過ごしてきたんです。週に三日も離れるなど、そんなことに堪えられますか？　せめて同じ場所で過ごしたいと望むのは、自然な気持ちだと思うんです」

「それは分かるけど。でも…」

キースの言っていることは、とてもよく分かる。

同じ場所で働けるなんて願ってもないことで、文句があるわけではない。しかし、マチルダと違って手続きに則《のっと》って決まったように見えるのが、どうにも腑に落ちないのだ。クライヴの懇意にしている人間に紹介されたと言うのも気になる話だった。

「――本当のことを言うと、この町には一人だけ知り合いがいるんです」

「えっ⁉」

「黙っていて申し訳ありませんでした。その方が紹介者になって身元を保証してくれたので、何事もなく話を進めることが出来たんです。エドワーズ家も奥様のことで少々ごたつきがあって人手が欲しかったらしく、決まるのはあっという間でした。流石に今日行ってすぐとは思いませんでしたが」

淡々と話すキースの口ぶりから、事実だけを並べているように思えた。

だが、知り合いがいたなんて、そんな大きな秘密を持っていたことにマチルダは驚きを隠せなかった。

「その知り合いという方は、ランズベリーでキースに何があったかを知らないの？」

「さぁ、どうでしょう。少し変わった人なので、知っていても追及する気がないだけかもしれません。男爵家の生まれですが、貴族の力が強くないこの地に敢えて屋敷を構えて手広く事業を興している方なんです。父と親交があったので、私も少し関わりを持っていました」

「その方を、キースは信用しているの？」

「悪い人ではないと思っています。マチルダ様から離れなければと当て所もなく彷徨い、彼がいるこの町にやって来たのは意識してではありませんでした。けれど、その時に彼の屋敷に何日か滞在させていただき、それがきっかけで静かでいい場所があると、この屋敷を紹介してもらったんです。誰とも関わりがなくなると人の心は孤独で錆《さ》び付くから、週に一度は顔を見せるようにと言われ、その時に約束してしまい……。ですから週に一度だけ、彼のもとに足を向けていたんです」

「そうだったの……」

「ええ。それと…、足がつきかねないと思い、この屋敷も随分前に彼の名義に変えてもらいました。もちろん、名前を貸すだけという契約を交わしているので、実際の所有は私のままですが」

キースは俯き、申し訳なさそうに頭を下げる。

その顔を見ているうちにマチルダは何も言えなくなってしまった。彼は黙っていたのではなく、言えなかったのだ。

キースをこんな場所まで彷徨わせ、世捨て人のような生き方を選択させた原因は、傍付きの執事の解任を言い渡されたせいだ。マチルダはそれを知らなかったが、彼はずっと一人で思い悩んできた。言えずにいたのは、マチルダが気にすると思ったからなのだろう。昔からそうだ。いつだって彼はそんなことばかりを気にかける。そのうえ、自分の持ち物なのに追っ手のことを危惧して名義変更までさせてしまっただなんて……。

「その方はキースにとって、とても頼れる存在なのね」

「はい。昼前に屋敷を出たマチルダ様を見送った後、気づいたら頭を下げに行っていました……」

そう答えて、キースは自嘲《じちょう》気味に目を伏せる。

マチルダは首を横に振り、彼の肩に寄りかかった。腰を抱く手に力が込められ、ぐっと引き寄せられる。熱っぽい眼差しと視線がぶつかり、どちらからともなく唇が重なった。

「黙って決めたこと、どうか許してください」

「そんなふうに言わないで。私だってエドワーズ家で働くことを黙って決めてしまったのに、とやかく言える筋合いではないわ。初めましてって言われた時は流石に戸惑ったけど、心の中では嬉しいって思っていたのよ」

「申し訳ありません。関係を明かさない方がいいと思ったんです。私たちはここに来て日が浅いですし、よそ者と認識されている間は些細なことでも疑いを持たれかねませんから。……ですが、そう判断したことを今は少し後悔しています」

「え？　──んっ」

キースは溜息をつき、マチルダの首筋に唇を押し当てながら抱きしめる。

耳にかかる熱い息にぴくんと肩を震わせ、その腕の力に身体が融かされそうになった。

「マチルダ様、どうかあまり無防備にならないでください」

「キース？」

「屋敷で働く人たちに聞いたのですが、クライヴ様はその…とても女性に好かれる人のようで。マチルダ様ともすぐに打ち解けた様子でしたし」

「それは…」

「クライヴ様が良い方だということは分かっています。それでも私は不安なんです。どうかお願いします。せめて二人にならないようにしてください」

苦しげな声は、彼の心の内を表しているようだった。

ふと、侍女や給仕たちと親しげに話していたキースの姿を思い出す。もしかして、いち早く屋敷にとけ込むことで内情を知ろうとしていたのだろうか。キースの温和な微笑は人の警戒心を解く力がある。そんな姿にマチルダはいつもやきもきしてしまうのだが……。

しかし、似たようなことで互いに嫉妬し合っていたことが分かり、何だか気が抜けてしまった。あの冷たい眼差しはそういうことだったのか。マチルダがクライヴに親近感を覚えたことで、キースは穏やかでいられなくなったのだ。家出中の夫人が元貴族だったと知り、色々と参考に出来ることがあるのではと思っていただけなのに。

「分かったわ。二人にならないようにするし、無防備にもならないわ」

「ありがとうございます」

「……本当はね、アンジェリカも似たような心配をしていたから、これでも気をつけていたつもりだったのだけど」

「アンジェリカ様が？」

「ええ。だから言ってしまったの。私には旦那様がいるから絶対に大丈夫って」

「旦那様……」

「あなたのことに決まっているじゃない」

マチルダは思い出し笑いをしながら彼に抱きつく。

キースは真っ赤な顔をして黙り込んでしまう。そんな彼が愛しくて堪らない。目を閉じてキスをねだると浅く深く唇が重なり、繰り返されるごとに胸が熱くなっていった。

次第にそれだけでは物足りなくなり、恥じらいながら彼を見上げる。

「キース、今日はこれで終わり？」

「そのつもりでしたが。……お疲れでは？」

「私はそんなに。あ、あっ、だけどキースは疲れているわよね！　ずっと動き回っていたのを知っているのに私ったら……。な、何でもないの。今のは忘れて！」

マチルダは口ごもりながら身体を離そうとする。

けれど反対に引き寄せられてしまい、顔がカーッと熱くなっていく。欲しがっているのは自分の方じゃないか。それなのに、彼に言わせようとしてしまった。

「私はあの程度で疲れたりしませんん」

「で、でも」

「ソファでしますか？　それとも、部屋に戻ってベッドでしますか？」

「……っ」

顔を覗き込まれ、マチルダは目を泳がせる。

真っ赤な顔をしていたキースはもうどこにもいない。とても嬉しそうに笑みを浮かべ、この淫らな気持ちを完全に見透かされていた。そんな彼に少しずつ追い詰められていく。抱きしめる彼の腕が熱を帯びて、それが自分にも伝染していくようだった。

「ここで、して……」

迷った挙げ句にそう答えたが、大胆な発言をしてしまったと恥ずかしくなる。

傍にいればいるほど、抱かれれば抱かれるほど欲深くなっていく。彼の腕の中があまりに心地よくて、甘やかされることに慣れきって、いつまでも浸かっていたいと思ってしまう。

「マチルダ様、何があっても私はあなたをお守りします。誰よりも愛しているんです。もうずっとあなたに溺れたままなんです」

「あ…ッ」

心なしか急いた様子のキースが繰り返し愛を囁く。

その瞳にはマチルダしか映っていない。彼はいつだってマチルダのことを一番に考え、懸命に尽くそうとする。今回のことも彼にとっては当然の行動だったのだろう。

――だけど、本当にこれでよかったの？

頭の隅でもう一人の自分が囁いた気がした。

キースもエドワーズ家で働くと知って凄く嬉しかった。それは本当なのだ。

しかし、考えてみると、これでは結局彼の負担を増やしてしまっただけではないだろうか。対等でいようと行動したが、結果として正しかったのだろうか。そんな微かな疑問が頭に浮かぶ。

きっと私が頼りないから、キースの手を煩わせてしまうんだわ。

もっとしっかりしなければとマチルダは自分の不甲斐無さにこっそり溜息をつく。けれど彼の熱い腕に融かされていき、それ以上考えることが出来なくなってしまった——。

第四章

高台にあるこの屋敷の裏庭からは、視界いっぱいの水平線が一望出来る。

晴れた日はキースと他愛ない話をしながら木陰からその光景を眺めるのが日課になっていたが、今日のマチルダはそんな場所で朝から甘く密やかな声を響かせていた。

「ふぁ、ん…ッ、声が、でちゃうから…ッ」

手で口を押さえ、目に涙を浮かべながらマチルダはいやいやと首を横に振った。

後ろから抱きしめるキースの手はスカートを捲くっている。ドロワーズはとうに脱がされて、汚れないよう彼に取り上げられていた。その指先からは間断なく淫らな水音が響き、先ほどからずっと秘部を掻き回されている。

「誰かに見られ…」

「隣はずっと留守ですから多少声を上げても大丈夫です。知っているでしょう？」

「で、でも、ん、ふぁ、あ…ッ、恥ずかしい、のに」

「いつもより感じているのに？」

「そんな…っ」

「大丈夫、最後まではしません。こうして弄るだけですよ」

いくら言っても彼は止めようとせず、少し意地悪な言葉を囁く。

本人は気がついていないのだろうか。最近のキースはやけに大胆な時があり、今も何が原因でこうなったのか、マチルダはよく分からずにいた。

朝食後にやってきた裏庭で、マチルダはこの木陰から海を眺めていただけだった。なのに後ろから突然抱きしめられて、振り返ると同時に激しいキスをされた。しかし、驚いたのも束の間、絡められた彼の舌や触れる指先がマチルダの身体に火をつけるまでは一瞬のことで、甘い声で喘ぎを発するようになるまで、そう時間はかからなかった。

「ふ、ふぅ、あ、はぁっ」

「分かりますか？　マチルダ様はココを擦られるのが好きなんですよ。こうすると中がうねるんです。ねだられているようで、私の理性はいつも途中で焼き切れてしまうのです」

「そんなの、言わな、で…っ」

耳元で囁かれたキースの低い声が頭の芯を刺激した。

熱い息を感じて彼の指を締め付けてしまう。器用に動く指先はマチルダの良いところばかりを刺激する。理性が焼き切れてしまいそうなのはこちらの方だった。

「も、や…ッ、だめ、ソコばかりされたら…っ」

止まない動きにお腹の奥が切なくなっていく。

耳たぶを甘噛みされ、固く尖らせた舌先が首筋をなぞった。指の動きは水音が大きくなるごとに激しさを増している。呆気なく訪れる限界にマチルダは忙しなく息を弾ませていった。

「あ、っは、ああっ、ふぁ、あ、あ、あっ」

口元を手で押さえていても何の意味もない。

声も吐息も隙間から漏れてしまう。次第に恥じらいよりも快感に呑み込まれ、自分から彼の指を求めて腰を揺らしていた。キースの方は息も乱さず、マチルダが悶える様子を後ろから見ているだけだというのに。

「マチルダ様、このまま私の手で果てる姿を見せてください」

「ああっ、あ、あ……――ッ」

キースの言葉に促されて、マチルダの身体は一気に上り詰める。

喉を反らせ、嬌声を上げながら、与えられた絶頂にがくがくと足を震わせた。崩れ落ちてしまいそうになり、緑が繁る大木に手をかけると、冷たい樹皮が心地よくて火照った頬を押し付ける。その間も秘部は刺激され続け、断続的に彼の指を締め付けながらその強い快感に身悶えていた。

「……はッ、はあっ、ぁ、ん…」

「肌が傷ついてしまいます。私に身体を預けてください」

中心を刺激していた指が引き抜かれると同時にマチルダは抱き寄せられ、木に押し付けていた頬が離される。

力の入らない身体は後ろから抱きしめるキースに自然ともたれ掛かった。中心は未だひくつきが収まらず、すぐには快感から抜け出せそうにない。ゆっくり腰を下ろしたキースは膝の上にマチルダを乗せ、顔中にキスを降らせた。

「あ…っ、あぅ、は、はあっ、はあ」

「すみません。海を眺める後ろ姿が遠く感じられて……」

マチルダは不安げに揺れている翡翠の瞳を見つめた。

こんなに傍にいるのに、キースはどうしてそんなことを考えるのだろう。

「ここに住み始めてもう四か月近く経つわ。追っ手が迫っている話があるわけじゃないでしょう？」

「そうですね、自分でも呆れます……。けれど追っ手のことばかりを心配しているわけではないんです。あなたのことになると私はどうしようもないほどの臆病者になってしまうだけですから」

キースは目を伏せて自嘲気味に呟く。

しばし沈黙が続いたが、吹き抜ける潮風がその艶やかな黒髪を揺らすと、彼はすぐに顔を引き締めてマチルダの身体を抱きしめた。

「ここにずっといては風邪を引いてしまいますね」

敷に戻っていく。
「……では何か羽織るものを持ってきます」
自分のせいでそうなったことに彼は顔を赤らめ、マチルダを膝から下ろすと大急ぎで屋
「だけど、まだ身体が熱くて。もう少しここにいたいわ」

マチルダは姿が見えなくなってもしばらくは彼の背中を目で追いかけていたが、ひんやりした風を受けて海岸の方へ顔を向けた。浜辺には誰もおらず、白い砂がキラキラ輝いている。その砂の上を歩いてみたい欲求に駆られ、マチルダは裏庭から続く階段をヨロヨロと下りていく。浜辺に辿り着くなり靴を脱ぎ、すぐに裸足になった。

「気持ちいい…っ」

柔らかな砂を踏みしめ、マチルダは思うままに歩き回った。

しかし、ふとした瞬間に身体の奥に残った熱を感じてぶるっと身を震わせる。絶頂は感じたのに、こんなふうに熱が燻《くすぶ》ってしまうのは、最後までせずに終わったせいかもしれなかった。

キースの指も身体もマチルダをおかしくさせる。狂おしいほど全身を甘く愛されて、一度の行為で何度も果てるくらい毎日のように快感を与えられてきた。

けれど、最近のキースはいつもと違う抱き方をすることがある。確かめるようなもどかしい愛撫でマチルダの身体を散々焦らし、我慢出来なくなってこちらから求めるまで抱こうとしないのだ。しかも、身体を繋げてからもマチルダが羞恥を捨てて快感をねだるまで、

わざと感じる場所を外したりもした。

彼がそんなふうにマチルダを抱くのは、大概家庭教師先の主人クライヴが戻っている時だ。もちろんマチルダは約束を守って、クライヴと二人にならないよう気をつけている。そもそも、アンジェリカが傍にいるのでそんな機会など無いに等しかった。

ただ、クライヴの話はいつだってマチルダを夢中にさせた。

夫人との結婚までの馴れ初め話、通っていた教会での出会い。週に一度顔を合わせているうちに互いに想いを募らせていったこと、クライヴはそこそこ裕福な一般家庭だったが身分差に悩み続けたこと、想いが通じ合い彼女と添い遂げると決断するまでのこと。

夫人の家は力の弱い貴族の家だったが、それでも猛烈な反対にあったという。認めてもらうために何年もかけて事業を大きくしていき、莫大な持参金を用意してようやく彼女を妻に迎えることが出来た。しかし、アンジェリカが生まれるまでは顔を合わせてもくれなかったらしく、かなり苦い想いを味わったようだ。現在はそのアンジェリカが橋渡しとなって、それなりの関係を築けているとのことだが全ては彼の努力があってこそだろう。

マチルダは彼らに憧れてしまったのだ。自分たちとでは状況がまるで違うことくらいは分かっている。マチルダとキースが両親に認めてもらうなど絶対にあり得ない。それどころか、見つかった段階でキースの処刑は免れないだろう。だとしても、障害を乗り越えていく強さは学びたいと思ったのだ。キースの考えていることや悩みも分かるかもしれないと思い、参考にするために熱心に話を聞くことも度々あった。

それを昨日はキースに見られてしまった。アンジェリカもいる場所で何かがあるわけがないのに、最近は心配性に拍車がかかっているようで、話をしているだけで鋭く光らせたキースの視線を感じるようになった。お陰で昨夜はかなりの時間をかけて身体中を確かめられ、快感を植え付けられたのだ。先ほどのあれは昨日の続きだったのかもしれないと、今更ながらそんなことをマチルダはぼんやり考えた。

「こんにちは」

と、その時、向こうから歩いてきた身なりのいい婦人に声をかけられる。

マチルダは慌てて笑顔を作って会釈をした。この近くに住んでいるのか、時折キースと浜辺を散歩しているとすれ違うことがある。いつもは挨拶を交わすだけだが、今日は違っていた。

「いつもいる御付きの男性は今日はいないの？」

「え？」

「ほら、黒髪の綺麗な…」

婦人は品のいい笑みを浮かべ、そんなことを言う。

もしかして、それはキースのことを言っているのだろうか？

マチルダから笑顔が消え、みるみる強張っていった。

「も、もうすぐ…、来ると思います」

「そう。いつも微笑ましく見ていたのよ。彼はあなたがとても大切なのね。うちの執事にも見習って欲しいくらい」

「そ、そう、ですか……」

「ここへは静養に？　しばらく滞在しているようだけど」

「静養？　いいえ」

「あら、違ったのね。ごめんなさい。いつも彼に守られるようにいたから、身体が弱いのかしらと思って」

婦人の表情からは悪意が感じられず、それが余計にショックだった。

御付きの男性……。そんなふうに見られていたなんてと、あまりの衝撃で否定することも出来ない。

「マチルダ様！」

そこへキースが階段を駆け下り、走り寄ってくる。

「まぁ、噂をすればだわ。こんにちは」

「……こんにちは。どうかされましたか？」

強張る顔を覗き込まれ、持ってきたショールで身体を包み込まれた。

「あなたの話をしていたところなのよ」

「私の、ですか？」

「彼女を大切にしている様子をいつも感心して見ていたって」

「そうでしたか。時折お会いしますね。奥様はこの辺りにお住まいですか？」

「ええ、少し向こうの屋敷が別荘で、今はわけあってそこに滞在しているの。浜辺の散歩は気持ちがいいものだから結構歩いてしまうのよ。心配ないと思ってか、私が一人で散歩しても誰もついてこないけれどね」

婦人は肩を竦めて苦笑を漏らしている。

それをキースが優しく宥めるものだから、どんどん二人の会話が弾んでいく。マチルダはぽつんと取り残された気持ちになって彼の袖を軽く摑んだ。すぐにキースはそれに気づいたが、マチルダに羽織らせたショールが風に靡《なび》く様子に眉を寄せた。

「今日は少し風が冷たいようです。風邪をひいてはいけませんので奥様もどうぞ。返していただく必要はありませんので」

「まぁ、ありがとう。確かに少し肌寒くなってきたものね、そろそろ帰ろうかしら。若い人たちと話せて楽しかったわ。見かけたらまた声をかけて頂戴ね」

予備で持っていたショールを肩にかけられて婦人はとても喜んでいる。

上機嫌で引き返していく背中を見送り、キースはマチルダの背をそっと押す。促されるまま自分たちも屋敷に戻ろうとした。

ところが、少し進んだところで突然婦人が振り返る。

「あ、そうそう。ちょっと物騒な話を聞いたから、あなたたちに教えておくわね」

その言葉にマチルダもキースも立ち止まり、彼女の声に黙って耳を傾けた。

「これはうちの使用人から聞いた話だけど、町中で人探しをしている男がいるらしいのよ。

犯罪者がどうとか、そんなことを言っていたらしいわ。ちょっと気味の悪い男だったみたい。こんな穏やかな町で珍しいことだけど、あなたたちも気をつけて。くれぐれも戸締まりは忘れないようにね」

そう言って微笑む婦人にキースは頭を下げた。

去っていく後ろ姿を見送りながら、彼はマチルダが脱ぎ捨てた靴を拾い上げる。それを履くつもりでいたが、マチルダの身体はふわりと抱き上げられていた。

「あッ!?」

「戻って足を洗いましょう」

「自分で歩けるわ」

子供じゃないのだからと暴れかけたが、キースは平然と階段を上っていく。

次第に砂浜が遠くなり、あまり動くと危ないと思って途中から大人しく彼の腕に収まっていた。暴れる方が子供のようだったし、先ほどの婦人がした発言のショックからも立ち直れていなかった。

しかし、そこでふと考える。こういった一つひとつがいけないのではないだろうかと。

彼を『御付きの男性』に見せてしまうのは、彼の世話を受け入れてしまうマチルダ自身にも問題があるように思えた。

ランズベリーから逃げて四か月も経つというのに、二人の関係はどれだけ進歩しただろう。キースは相変わらずマチルダのために紅茶を淹れ、食事を用意して庭の草花まで育てている。髪を結い、服を着せ、時にマチルダの身体を洗うこともあった。使用人がいない中で負担は前より増えているにもかかわらずだ。

マチルダが手を出そうとしても、大概先回りされて簡単な作業しか残されていない。不服に感じて文句を言うこともあったが、ただ微笑むばかりの彼にいつも流されてしまう。

――そういえば、同じことを前にも考えなかった？　そうだわ。一緒に暮らして一月が経った頃も頼りない自分を反省して行動を起こしたのよ。これではあの頃より悪化しているんじゃ……。

「あ、キース、そういえば今日は出かける日だったわよね？　私のことはいいから自分の用意をしてきて」

今日は週に一度、彼が知人に会いに行く日だ。

マチルダは不意にそれを思い出し、屋敷に戻るなりキースの傍をさっと離れた。

「用意はもう済ませてあります」

「もう一度確かめた方が良いと思うわ。忘れ物があったらいけないもの。ね？」

「大丈夫ですよ」

「だったら休んでいて。私は足を洗ってくるわ」

「手伝いま…」

「結構よ！」

これ以上は言い負けてしまうと、マチルダは強制的に話を終わらせて浴室に走った。

いきなり過ぎたかと思ったが、こういうことはすぐに実行に移すべきなのだ。キース相手だと無意識に甘えすぎてしまうせいか、人から言われるまで気づけなかった。このままでは本当に何も出来ない人間になってしまうと今更ながら焦りを募らせる。

マチルダは桶に水を入れ、濡らした布で足の裏を丁寧にゴシゴシ拭いていく。そんなに汚れていないが、自分でやると言ったからには念入りにやらなければと思った。

「——先ほどの婦人に何か言われましたか？」

夢中になっていると突然背後から話しかけられ、マチルダはビクッとして振り返る。開かれたままの扉の前に音もなく立ち、探るような眼差しのキースと目が合った。

「な、何も……」

「本当ですか？」

「ほ、本当よ。ただ、キースに色々してもらうのは控えようと思っただけ」

「何故控える必要が？」

「だって、こんなのおかしいわ」

「おかしいですか？」

「おかしいじゃない。家のことだけでなく、私の身の回りのことまで全部させているだなんて。キースは『御付きの男性』なんかじゃないのに…ッ！」

「ああ…、なるほど。そういうことでしたか」

キースは納得した様子で頷き、浴室に足を踏み入れる。

これ以上追及しないで欲しいのにと、マチルダは握りしめた布に力を込めた。しかし、その布は取り上げられて桶に放り込まれる。音を立てて水が跳ね、それに気を取られているといきなり抱き上げられた。

「あ…っ」

マチルダは浴槽の端に座らされ、キースは足下に跪く。

こんな光景も、かしずかれているように見えるのかもしれないと頭の隅で考えた。

「人の視線がそんなに気になりますか？」

「それは…」

「私は単なる『御付きの男性』のつもりはありませんよ」

「え？」

首を傾げると、キースは唇を怪しく歪ませる。

そして、スカートから覗く足首をそっと掴み、つま先に口づけられた。彼の綺麗な唇は指先を咥え、足の裏に舌を這わせ始める。

「な、なに…をっ」

マチルダは驚いて目を見張った。

止めさせようと思ったが、顔を蹴ってしまいそうで力を入れられない。キースの肩を押してみたものの、体勢が悪くて力が入らなかった。

「あぁっ」

そのうちにスカートは大きく捲られ、足を開かされる。

閉じられないよう両脚の間には、すかさずキースの身体が挟まれた。けれどマチルダの後ろに壁はなく、浴槽に腰掛けているだけなのでとても不安定だ。足先でバランスを取り、後ろに倒れ込まないように両手で浴槽を掴むくらいしか出来なかった。

ぴんと伸びた足がプルプルと震えている。大きく開いた股の中心をじっと見られて、まるで視姦されている気分になった。裏庭にいた時に下着は取り上げられてしまったから、今は何も身につけていないのだ。

「あぁんッ」

指先でソコに触れられて、くちゃっと音が立つ。

同時に顔が近づき、固く尖らせた舌で陰核を刺激された。この体勢ではキースがしている一部始終が見えてしまう。羞恥で顔が熱くなり、マチルダは涙目で首を横に振った。

「こんなに濡れて可哀想に…。指だけでは物足りなかったのですね」

「あ…、あ、ああっ」

「昨晩、何度もしたせいで敏感になりすぎてしまったのでしょうか。赤く充血して、まるで甘い蜜で誘われているようです」

「や、や、あぅ」

こんなに恥ずかしい格好をしているのに碌な抵抗が出来ない。

それどころかこの身体は悦んでいた。抜き差しするキースの指や舌先が蜜を舐めとる光景を見て濡れていくのが自分でも分かるのだ。燻っていた熱は再び触れられたことで目を覚まし、彼が欲しいと悲鳴を上げ始めていた。

「もう、助けて。シて、お願い。キース、キース…ッ」

甘い声でねだり、ぽろぽろと涙を零す。

キースは濡れた唇を綻ばせ、身を起こしてマチルダにキスをした。この舌が自分の中心を舐めていたと思うだけで胸が苦しくなり、夢中で舌を絡めていた。

「んぅ…ッ、ん、っは、ああっ」

口づけを交わしていると熱い塊がぐっと中心に押し当てられる。

少しずつ中に入ってくる快感にマチルダは身を捩らせ、くぐもった声を漏らした。けれど両脚は一際大きく開かされて、更に不安定な体勢になっていく。足も腕も震えが大きくなり、いつ後ろに倒れ込んでもおかしくなかった。

「マチルダ様、『御付きの男性』がこんなことをしますか?」

「ん、はぁ、あ、……こんな、って?」

キースの視線に誘導されてマチルダは下を向く。

あまりに淫らな光景に息を呑んだ。キースが腰を前後する度に、二人が繋がった場所から彼が出たり入ったりしているのだ。

「やぁ、あ…ッ」

慌てて目を背けようとして、浴槽にかけていた手が滑る。

後ろに倒れ込むと思われた身体は、いつの間にかキースに抱き留められていた。

「危ないので腕は私の首に回して、足は腰に巻き付けてください」

聞き返す間もなくマチルダの身体は強く抱きかかえられる。

繋がりが深くなったところへ腰を突き上げられて堪らず嬌声を上げた。

「は、ああっ、あーっ！」

この体勢ではキースしか縋れるものがない。

言われたとおり首にしがみつき、両脚を彼の腰に巻き付ける。突き上げられる度に奥まで響き、いつもと違う場所が擦られた。敏感になっていた身体にその刺激はあまりに強すぎる。お腹の奥が震え、すぐに限界を迎えてしまいそうだった。それなのにキースはますます激しく中を掻き回す。どうやっても快感から逃げる術はなかった。

「あっ、ああっ、こんなにされたら…ッ、あ、だめっ、キース、キースッ！」

「……大丈夫、このまま達してください」

「いや、いやっ、一緒じゃないといやっ」

「う…、私も一緒ですから……っ」

彼の動きに合わせて腰を揺らすと、苦しげに喘ぐキースの声が聞こえた。

見れば彼は額から汗を流して必死で何かに堪えている様子だ。もしかして、キースも同じように快感に追い詰められているのだろうか。その表情にどうしようもなく煽られて一層彼を締め付ける。激しく息を乱すその姿に足のつま先に力が入っていった。

「あ、あぅ、ああっ、あっ！」

びくびくと太股が震え、必死でしがみつく。

奥を掻き回されて激しい水音が立ち、二人の乱れた息づかいと共に浴室に響いた。更なる快感を追いかけてマチルダは夢中で腰を揺する。目の前がチカチカして、瞬く間にその時がやってきた。

「あ、あぁ、やあっ、あ――ッ!!」

一際高い嬌声を上げて、マチルダは全身を震わせて絶頂に喘ぐ。

その様子を見ながら腰を突き上げていたキースも苦しげに眉を寄せている。激しく揺さぶりながらも掠れた喘ぎを漏らし、やがて奥で彼の精が弾けたのを感じた。ほとんど同時に果てたことに歓びを覚え、マチルダは更なる快感に身を投じる。二人で一つになってしまった錯覚を抱かせるほど、隙間なく繋がっているようだった。

「……あ、っは、はあっ、はあ」

二人ともなかなか息が整わず、ただひたすら抱きしめ合う。マチルダを抱き上げていたせいでキースはかなり体力を消耗したらしく、いつもよりずっと苦しそうだった。

それなのに彼はマチルダを離そうとしない。僅かに息を整えると、身体を繋げたまま浴室を出て歩き始めた。

「っは、はぁ、は、ぁん…っ」

一歩進むごとに結合部が淫らな音を立てている。

　これ以上は刺激が強すぎて意識が飛んでしまいそうだ。にもかかわらず、絶頂の余韻が抜けきらず、彼を締め付けてしまう淫らな身体が恨めしい。

「心配しないでください。これ以上はしませんから」

「あっ、はぁ、はあ」

　まるで心を読まれているみたいだった。

　マチルダは頷き、黙ってキースにしがみつく。連れて行かれたのは寝室で、ベッドに横たえられるのと同時に繋がりも解かれる。顔中にキスをされ、あまりに心地よくて目の前がすぐに霞んでいった。

「マチルダ様、他の誰にどう見られてもいいじゃないですか。身の回りのことも何もかも、私が好きでしていることなんです。それでは駄目ですか？」

　耳元で囁かれて、瞼を震わせながら吐息を漏らす。

　どう答えればいいのか分からなかった。彼の言うことも分からなくないが、素直に頷けない自分もいるのだ。

　キースはしばし返事を待っていたようだが、マチルダが何も答えないので諦めたらしい。

　僅かに息をつき、そっと頬を撫でてから彼は立ち上がった。

「こんなふうに抱いてしまい、申し訳ありません。私は少し出かけますが、マチルダ様はこのままゆっくり身体を休めてください」

　うつらうつらしかける中、キースの気配が遠ざかっていく。

寝室に一人残されたマチルダは、ぼんやりしながら目を閉じた。

――分かっているわ。『御付きの男性』がこんなことをしないことくらい。

だけど人にどう見られているかを気にするのはいけないこと？　恋人にも夫婦にも見られないことを寂しく思うのはおかしなこと？

この感覚のずれは何だろう。キースにとって、さほど問題にすることではなかったというのがショックだった。

どうすれば分かり合えるだろう。どうして彼は問題と思わないのだろう。

そんなことを考えているうちに瞼が重たくなり、いつの間にかマチルダは深い眠りに身を投じていた――。

❀　❀　❀

その後、マチルダが目覚めたのは時計の針が三時を回った頃だった。

こんなに眠ってしまって今夜は眠れるだろうか。そんな不安を感じながらキースを探して居間へ向かう。しかしそこには誰もおらず、他の場所も探し回ったが姿は見当たらない。どうやらまだ帰っていないようだった。

そんな中、マチルダは綺麗に畳まれた衣類が籠に入れられ、廊下の隅に置かれているのを見つけた。洗濯に関してはそれを生業にしている者たちに頼んでいる。仕上がった衣類を受け取ったものの、出かける間際だったので後で片付けようと置いたまま出かけたのかもしれなかった。

「これくらい、私が片付けるわ」

独り言を呟き、マチルダは籠を抱える。

見たところ、ほとんどがキースのシャツだったので、こんな時こそ彼のためになることをしたいと思ったのだ。

少しドキドキしながらキースの衣裳部屋に足を踏み入れ、室内を見渡す。服はほとんどがクローゼットに入れられているようで、見える部分には物があまりない。特に用がなかったので今まで入ることはなかったが、想像より簡素なこの部屋は少しだけキースの匂いがした。

クローゼットの一つを開けると、そこにはシャツばかりが並んでいたのでちょうどいいと思い、マチルダは持ってきた籠からシャツを取り出し、端から丁寧に掛けていく。彼はいつも似たような色の服ばかり着ているが、こうして見ると数が結構揃っているうえに仕立てがいいものばかりだ。マチルダばかりにお金をかけて自分は同じ物を着回しているのではと密かに気にかけていたので、単に似た色の服を沢山持っていただけと知って安心した。

「さて、残るはクラバットとハンカチね」

シャツを全て掛け終え、籠に残ったものを手にマチルダは隣のクローゼットを何気なく開けてみた。

「――え？」

しかし、中を見てマチルダは思わず固まってしまう。

どういうわけか、そこには女物のドレスが一着だけ掛かっていたのだ。

一体どんな趣向なのだろう。訝しく思いながら首を傾げた。

「だけどこの服、どこかで見たような……」

クローゼット内に目を凝らして考え込むが、すぐには思い出せない。

ふと、奥の方に置かれた何かが視界の隅を捉え、しゃがんで確かめると、とても綺麗な模様の木箱があった。中を開けると青い靴が一足、行儀よく並べられている。それを見ているうちに、このドレスと靴が何なのかを思い出して妙な気持ちになった。

「……これって、ランズベリーから逃げて来た時に私が着ていたもの？」

マチルダは目の前のドレスを摑み、まじまじと見つめた。

多分そうだ。日用着として何回か着ていた服だったから覚えている。

存在すら忘れていたのは、何が原因で足がつくか分からない状況に警戒して、故郷にまつわるものを一切身につけてこなかったためだ。

当然この服に袖を通すつもりは二度となかった。それどころか、どこへ仕舞ったのかさえ記憶にないほどだ。だから、これがキースのところにあったからと言って、別段問題があるわけではないのだが…。

「これがキースのクローゼットにあるのはどうして？」

マチルダの衣裳部屋に置いておくと、間違って着てしまう可能性があると思ったからだろうか。

だとしても何か変だ。たった一着のドレスの、それも着ることのない服のために真ん中の一番大きなクローゼットを丸々使っていることが不可解に思えたのだ。

「他にも何か…」

考え込んでいると、クローゼットの奥で見え隠れしているもう一つの小さな箱を見つけた。

これも私に関わる何かだろうか。そんな疑問を胸に小箱をたぐり寄せる。手に取るなりその箱を開け、中に入っていた白いレースのハンカチを手に取って広げた。

「やっぱりこれも私のだわ……」

このハンカチはお気に入りだったので、すぐに思い出せた。

よくよく見ると、レース部分にはうっすらと茶色い染みが出来ている。恐る恐る匂いを嗅いでみたが無臭だった。しかし、この染みには引っかかりを感じる。マチルダは頭の中の記憶をたぐり寄せようとした。

「――そんなところに座っては服が汚れてしまいますよ」

「きゃあっ!?」

いきなり声をかけられ、マチルダは悲鳴を上げて飛び上がった。

振り向くと開いたままの扉の前にキースが佇んでいる。夢中になっていたので気配に全く気づかなかったのだ。

「服を片付けてくれていたのですね。ありがとうございます」

顔色一つ変えることなく、彼はいつもどおり穏やかに笑っている。

こういう時、少しは動揺するものではないだろうか。どのクローゼットの前で座り込んでいるのか分かっているはずなのにキースは平然としていた。

「あ、あの、勝手に見てごめんなさい。だけど、このクローゼットの中に入っているものが何なのか気になってしまって……」

「……？　マチルダ様のものですが、どうかしましたか？」

不思議そうに首を傾げ、キースはまっすぐマチルダを見つめる。

驚いている自分の方がおかしいのだろうか。当たり前のように言われて当惑してしまう。

「そのハンカチ、とても懐かしいですね」

キースは微笑み、マチルダの前に屈みこむ。

手に持ったままのハンカチに手を伸ばして、彼は薄く残った染みを指先でなぞった。

「この染みは…」

「お忘れですか？　これは紅茶ですよ」

「紅茶？　――あっ！」

言われた途端、記憶が蘇った。そうだ、これは確かに紅茶の染みだ。

ランズベリーでの他愛ない日々。まだ互いに片想いだと思っていたあの頃。キースはマチルダのために黙って苺を摘みに出かけたことがあった。無理をしたものだから膝の古傷に響き、倒れ込んだ拍子に紅茶を零してしまい、それをマチルダがこのハンカチで拭ったのだ。

久々にあの頃の気持ちが蘇ってくる。これは懐かしくも甘酸っぱい、今では遠くなった過去の想い出だった。

「だけど、どうしてこれがここに？」

マチルダは眉を寄せてキースを見上げた。

あれはキースがヴィンセントを殴って投獄される何日も前の出来事だ。ここにあるということは、もしかして持ち歩いていたということだろうか。この地に逃亡するまでの間もずっと？

「綺麗にして返そうと思っていたのに染みが残ってしまい、どうしたものかと考えていたんです。けれど様々なことが起こって、結局返すことのないまま……」

キースは目を細め、「この染みはもう消えないでしょうね」とポツリと呟く。

こんな染みを気にして彼はずっと持ち歩いていたというのか……。

マチルダは何とも言えない気分になり、クローゼットの中にぽつんと掛けられているドレスを見上げる。これにもキースなりの理由があるのだろうか。

「そのドレスも気になりますか？」

「そ、それは…。間違って着てしまわないように、とか？」

「ああ、なるほど。確かにこれを着て外に出ることは出来ませんね」

「違うの？」

「マチルダ様が着る服を、私が間違って選ぶと思いますか？」

彼は苦笑を浮かべて小さく首を横に振った。

情けないことだが、マチルダがその日着るものは未だにキースが選んでいる。その彼が間違えるわけがないと断言するなら、それが理由ではないのだろう。

だとすると他にどんな理由があるというのか。ますます分からない。

「このドレスと靴は、マチルダ様が私と生きる決意をされた時に身につけていたものでしょう？　こうして眺めていると、その時のことが鮮明に蘇っていつでも初心に返ることが出来るんですよ」

「初心って？」

「あなたを守るのが私の役目ですから」

キースは何の迷いもなくそう答える。

まっすぐ見つめる翡翠の眼差しは子供の頃から変わらない。マチルダはクローゼットに掛かるドレスと紅茶の染みがついたハンカチを交互に見つめた。

先ほど海辺で出会った婦人の『御付きの男性』という言葉が脳裏に過る。キースの言う『守る』には様々な意味が混在しているのではないだろうか。そこにはマチルダが望まない関係も多分に含まれている気がした。

「キース、前にも言ったけど、私たちにはもう主従関係がないのよ？　それはちゃんと分かっている？」

「ええ…」

「本当に？　本当に私はキースと対等になれている？　キースにばかり負担をかけていない？　遠慮して自分一人で何でもやってしまおうと思っていない？」

「……」

黙り込むキースにマチルダは小さく息をつき、彼の腕をそっと摑んだ。

「ねぇ、キース。本当のことを言って。あなたはあまりにも私を特別にしすぎていない？このクローゼットだってそうよ。ここはキースの場所なのに、どうして私のものだけを入れているの？」

「それは、おかしなことですか？」

「おかしいわ。一番良い場所を使ってしまって、キースの服が端に追いやられているみたいだもの。あなたの服も一緒に入れればいいじゃない。そうでなければ端の狭い場所に置くとか」

「そんなことが出来るわけがないでしょう」

「どうして？」

「あなたを端に追いやれというのですか？」

「何を言っているの？　私は服の話をしているのよ」

「だから何です。マチルダ様のものを中心に置くのは当然でしょう。私と同じ場所に置くなどもってのほかです。そんなことをしたらこの場所が汚《けが》れてしまう」

「汚れるですって？　キースは自分が汚いと思っているの？」

「そういう意味ではありません」

キースは眉を寄せて黙り込む。

だったらどういう意味だというの。こんなにも話が噛み合わないのは初めてで、マチルダは困惑する一方だった。

けれど今のやり取りで、根本的な考えが食い違う理由が少しだけ分かった気がする。

マチルダは過去にけじめをつけて彼と対等になろうとしたが、キースはその気持ちを尊重する素振りを見せながら、心の中では全く納得していなかったのだ。だから必要以上にマチルダに尽くそうとする。何かあってもすぐに守れるよう同じ場所でも働き出した。

キースは対等に生きようなど、最初から思ってもいなかったのだ。こうやって想い出の品にこだわり、初心に返れるからと当たり前に告白するのが全てを物語っている。

「だからキースは悔しくなかったのね……」

「マチルダ様？」

「それでも私は嫌！　誰にどう思われてもいいだなんてそんなふうには思えない。さっとすごく欲張りになってしまったのよ」

「それは先ほどの婦人に言われた話のことですか？」

「だってキースを『御付きの男性』と言われたのよ？　そう思わせてしまった自分が情けなかった。そう見えてしまったことが悔しかった。恋人でも夫婦でも、周りからそう思われた方が嬉しいに決まっているわ！」

「……」

「キース、私はおかしなことを望んでいる？　キースは本当に何とも思わないの？」

マチルダは目に涙を溜めて彼を見つめる。

心から訴えれば少しでも歩み寄ってくれると思いたかった。

「……どうすれば」

けれど表情に戸惑いを滲ませながら、キースは俯いてしまう。

そんな顔をさせるほどのことは言っていない。少なくともマチルダはそう思っている。

彼のことがこんなにも分からないと思ったのは初めてだった。

「途方もない話です」

「え…？」

「どう考えても、私にはそんなふうに自分を変えられるとは思えません」

そう言って、キースは哀しげに目を伏せる。

途方もない話？　今のが彼にはそう聞こえたというの？

頭がくらくらしてくる。ここまでとは思わなかった。

マチルダは手で涙を拭い、部屋から出て行こうとする。頭を冷やさなければ、カッとなって心にもないことを言ってしまいそうだった。

「マチルダ様、どこへ行くんですか？」

「今は放っておいて」

「そんなわけには……」

「お願いよ!!」

声を荒げて廊下を進む。それなのにキースは追いかけてきた。

人の気も知らないでと憤りが膨らみ、嫌な気持ちがどんどん湧き上がる。いつもは引き下がってくれるのに、こんな時に限ってどうして気持ちを汲んでくれないの。

「マチル……」

「いやッ!!」

「――ッ」

「お願いだから追いかけて来ないで!!」

掴まれた腕を感情的に振り払い、マチルダは叫んでいた。

こんなことは初めてだ。一方的に感情をぶつけるばかりで彼を思いやることが出来ない。

一人になりたい。頭の中はそれしかなかった。

けれど駆け出そうとした足をマチルダはすぐに止めてしまう。腕を払った直後に、キースの身体が大きく揺らいだのを視界の隅で捉えた気がしたからだ。

──今の、なに…？

マチルダは恐る恐る振り返る。

そして、今まで動いていたキースの膝が突然がくんと折れて、そのまま廊下に崩れ落ちていく姿に悲鳴を上げた。

「キースッ!?」

血の気が引き、倒れ込んだ彼のもとに慌てて駆け戻る。

キースは自分のことなのによく分かっていないようだった。いきなり動かなくなった自分の足を見て、すぐに立ち上がろうとしている。

「……ッ」

しかし、力が入らないらしく立ち上がることが出来ない。

それどころか、何度試みても彼の足はぴくりとも動かなくなっていた。

「どうして？　何が起こったの？　キース、キースッ!!」

マチルダは蒼白になって彼の膝にしがみつく。

どうにかしなければと足をさすり、祈る気持ちで額を押し付けた。このまま動かなかったらどうしよう。怖くて怖くて、マチルダの身体はガタガタと震え出す。

「お願い戻って。動いて、動いて…っ！」

一体何が起こったのだろう。振り払った時に何かしてしまったのだろうか。頭の中で先ほどの瞬間をぐるぐる思い出す。

「あ…っ」

ところが、そうしているうちに、彼の膝が僅かな反応を見せた気がした。

手応えを感じてマチルダは彼の膝をひたすらさする。夢中でそれを続けていると、今度は間違いなくピクンと膝が跳ねるのを目にした。

キースは未だ呆然とした様子だ。跳ねた膝を不思議そうに見つめながら、何も言わずにふらふらと立ち上がる。あまりに呆気なく立ったようだが、また崩れ落ちやしないかとヒヤヒヤした。

「ちゃんと、動く？」

「はい…」

「突然どうして？　私、何かしてしまったの？」

「そんなことは……」

キースはそれだけ答えて黙り込んでしまう。

確かめるように何度も自分の膝に触れて、伸ばしたり曲げたりを繰り返していた。

「ああ、そういうことか…」

やがて彼は何かを納得した様子で頷く。

何がそういうことなのか、マチルダには全く分からない。支えられるか分からないが、倒れてもいいようキースの腰に腕を回した。

彼は笑っている。おかしなことなど一つもないのに、何故かとても嬉しそうだった。

「これはもう私の足ではないのかもしれません」

「え？」

「だから来るなというマチルダ様の命令に実直に従ったのでしょう。その代わり、動けと言われた今は動いている。……そんなにおかしなことでしょうか？」

驚くマチルダを見て、キースは微かに首を傾げている。

しかし、そうしたいのはマチルダの方だった。これがおかしなこと以外の何だというのか。自分の足が人の命令を聞くだなんて、彼は本気でそんなことを思っているのだろうか。

「よく、分からないわ……」

「そうですか？」

キースの眼差しはいつもどおり穏やかだ。

心配で腰に腕を回すマチルダを、愛おしむように抱きしめている。

——何が起こっているの？　キースが言っていることが本当に分からない。

強烈な違和感を覚えながらも下手なことを言ってはいけない気がして、マチルダは彼を抱きしめることしか出来なかった。

第五章

　翌日、頭の中を整理出来ないまま、マチルダはエドワーズ家でぼんやり過ごしていた。

　家庭教師という名目だが実際に与えられた仕事はアンジェリカの話し相手だ。先ほどから気に入った本の一節をアンジェリカが読み聞かせてくれているのだが、昨日の衝撃が未だ尾を引きずり、マチルダの頭にはほとんど入ってこなかった。

「……ルダ、マチルダ！」

「え？」

「んもうっ！　読み終わったと言ったの！」

　むくれたアンジェリカを見てマチルダは我に返る。

　いくらなんでもボーッとしすぎだったと慌てて謝罪した。

「ご、ごめんなさい。とてもいい文章だったわ」

「見え透いた嘘は嫌いよ」

「……ごめんなさい」

「ねぇ、今日はどうしちゃったの？　ずーっと上の空だわ。風邪でもひいた？」

「そうではないけど」

「だったらどうしたの？　私には言えないこと？」

アンジェリカのまっすぐな瞳に見つめられ、マチルダは狼狽える。

心配してくれているのは分かっているが、包み隠さず言えることではない。とは言え、一人で考えても答えは見つけられず、誰かに聞いて欲しいと切実に思う自分がいるのも確かだった。

「あの…、し、知り合いの話なのだけど」

「うん？」

「聞いてくれる？」

「いいわ」

「その…、彼女には悩みがあるみたいなの。旦那様が何でも器用に出来てしまう人で…。彼女の身の回りのことや家のことまで全部やってしまうくらいの世話好きで」

「それって、たとえば髪を結ってあげたりとか？」

綺麗に編み込まれたマチルダの髪をチラッと見て、アンジェリカが問いかける。

一瞬ドキッとしたが、ものの例えだろうとぎこちなく頷いた。

「そう、ね。着替えも手伝ったりするわ」

「着替えまで⁉」

「やっぱり変？」

「分からないけど。でも、お父様がお母様の着替えを手伝う姿は見たことがなかったから。

……それが悩みということ？」

「というか、甘えてしまうのに慣れて、駄目な人間になりたくないって彼女は思っているみたい。頑張って彼に追いつきたいって」

「ふぅん」

「けれど、考え方の違いがあってなかなかうまくいかないの。ある時、その憤りを彼にぶつけてしまった。そうしたら、彼の足が突然動かなくなってしまったのよ」

「どうして？」

「……彼女が命令したから？」

「その彼女は魔法使いなの？」

「そうではないと思うわ」

「不思議なお話ね」

アンジェリカはそんな感想を呟き、こちらをじっと見上げている。

居心地が悪くなってマチルダは目を逸らした。九歳の子供とはいえ、彼女は勘が鋭いところがある。知り合いの話などと誤魔化したが、もしかしてばれてしまっただろうか。

「だったらそれを利用するというのはどう？」

「え？」

「彼が動けない間に自分がやっちゃえばいいのよ。出来るところを見せれば、彼だって必要以上に手を出そうとは思わなくなるんじゃない？」

あっさり出された答えに、マチルダはぽかんと口を開ける。

しかし、その前向きな考え方は、すとんと胸の奥に落ちてくるようだった。

「凄いわ！　私、ちっとも思いつかなかった」

「……知り合いの話、でしょ？」

「え？　あ、そうそう！　そうなのよ！」

「ふうん？」

焦りながら頷くと、アンジェリカは顔を覗き込んできた。

どことなく含んだ笑いを向けられて挙動不審になってしまう。彼女はどこまで分かっているのだろう。

「やあ、アンジェリカ。マチルダと仲良くやっているかい？」

と、その時、クライヴが突然部屋に入ってきた。

アンジェリカはマチルダから離れ、にこやかに笑って近づいてくる父の胸に飛び込んでいく。

「お父様、お帰りなさい！」

「よしよし、元気で何よりだ」

クライヴはアンジェリカの頭を撫で、満足げに頷いている。

週に二、三日ほどしか帰宅しない彼だが、戻るといつもまっすぐに娘の様子を見にやってくる。会える時は目一杯スキンシップを取るというのが方針のようだ。その微笑ましい光景に顔を綻ばせていると、クライヴはマチルダを見て僅かに首を傾げた。

「おや、マチルダは少し元気がないようだね」

「そうなのよ！　マチルダはね、お友達の悩みで頭がいっぱいなの」

「へえ、お友達の…」

クライヴは感心した様子で頷いている。

自分で誤魔化したとは言え、居たたまれなくなり、マチルダは苦笑いを浮かべて話題を変えようとした。

「奥様のご機嫌はその後いかがですか？」

「あ、ああ…。そうだなあ。なるべく彼女のところに通ってはいるんだが、寂しがりやの割に意地っ張りでね。まだ少しへそを曲げているみたいだよ」

「そうなんですか」

クライヴは困り顔で息をつく。

けれど、夫人の話になると彼はとても優しい顔になるので、深い愛情を傾けているのがよく分かる。マチルダはまだ夫人に一度も会えていないが、随分その人となりを知ってしまった。夫が家にあまり帰らないのを不服に思って家出をしたのは結構前の話だが、今では家出先に機嫌を取りに夫が通ってくるのを待ちこがれているらしい。彼女もクライヴをとても好きなのだろう。可愛らしくも思える二人のやりとりに、マチルダはいつも微笑ましい気持ちを抱いていた。

だが、そんな二人にも分かり合えない部分はある。今回の夫人の家出にも関係した、生まれによる考え方の違いについてだ。

この世の中、ほとんどの貴族には働くという概念がない。なのに夫となった男は仕事だからと日中家におらず、帰ってこない日さえある。結婚して十年以上経ったとはいえ、貴族出身の夫人から見ると放っておかれていると思ってしまうらしいのだ。

そういった考え方の違いについては、マチルダとキースの間にもある話だ。クライヴの話は自分への戒めにもなり、参考にしようと自分たちの身に置き換えていつも聞き入ってしまう。マチルダがクライヴに近づくのを嫌がるキースにとっては、余計な行動なのかもしれないが……。

「あの、失礼な質問と承知の上でお聞きしたいのですが」

「なにかな？」

「身分違いの相手と添い遂げることに後悔の念を抱いたことはありますか？」

アンジェリカがいる前ですべき質問ではなかったかもしれない。

それは百も承知だったがマチルダも切羽詰まっている。答えづらいようなら、はぐらかしてくれても構わないと思っていた。

「うーん。考えたこともないな」

しかし、クライヴは予想外にも即答した。

「では、考え方の違いで憤ったことも？」

「ないとは言えないが、人は誰でも考え方に違いがあるものだろう？　身分差があってもなくとも理解し合える部分、理解し合えない部分があるとは思わないか？」

「はい、思います」

「人それぞれ譲れない部分というのはあるものだ。押し付けても意味がないことだってある。しかし、長く付き合っていきたい相手に対しては、妥協点を模索するのも大事なことだと思っているんだ」

「はい…」

マチルダが素直に頷くと、クライヴは眉を下げて肩を竦ませた。

「まぁ、妻に家出されている私が言えた話ではないがね。すまないアンジェリカ、私が不甲斐無いから寂しい想いばかりさせてしまって。おまえも早くお母様に帰ってきて欲しいだろう？」

「私は平気よ。お母様と毎日文通しているもの。今日はどんなことがあったのか、何でも教え合っているのよ。だから一番寂しいのはお父様ね。前の家庭教師の執拗な色仕掛けのせいで家に帰れなくなったこと、いい加減言ってしまえばいいのに。そうすれば、お母様だって子供のように意地を張ってしまったことを反省出来ると思うの」

「うーん。そうだなあ…」

クライヴは情けない顔をして笑っている。

だが、そのことについて彼は絶対に夫人に言おうとしない。隙があるからそんなことになったのだと自身を責めているようなのだ。そんなに頑になならなくてもと思うが、それがクライヴにとっての譲れない部分なのかもしれなかった。

「――旦那様」

微妙な空気が場に流れる中、開け放しの扉から唐突に声をかけられる。

いつからそこにいたのか、静かに佇むキースの姿があった。誤解されたくないとマチルダはクライヴから距離を取る。彼は一瞬だけそんなマチルダを見たが、すぐにクライヴへ視線を移した。

「どうした、何かあったか」

「奥様から、お手紙が来ております」

「む…、そ、そうか。部屋で受け取ろう」

「承知しました」

クライヴは顔色を変え、そそくさと部屋を出て行く。

後をついて行くキースの姿もあっという間に視界から消えたが、彼の足が普通に動いていたことにマチルダは改めてほっとしていた。

それを横目にアンジェリカはくすくす笑いながらマチルダの腕にしがみついてくる。

「あのね、お父様もお母様と文通を始めたのよ」

「そうなの」

「私全部知っているの。お母様が私をここへ置いていったのはね、お父様の様子を逐一報告させるためなのよ。段々面倒になってきたから、お父様とも文通すればいいのにって提案してあげたの。本当に意地っ張りなんだから」

一番大人なのは彼女かもしれない。感心しながらマチルダは相槌を打つ。

するとと意味有りげな眼差しで見上げられ、首を傾げるとどこか含んだ笑みを向けられた。

「どうしたの？」

「マチルダのお友達の悩み、早く解決するといいのにね」

「えっ、…あ、そ、そうね」

「ふふふふ……」

「な、なに？」

「さぁ、なんだと思う？」

いきなり変な声で笑い出したアンジェリカは、とぼけた振りをして答えようとしない。

そのうえ、時折マチルダの顔を見ては一人でジタバタしながら楽しげに笑い出す。何かを隠しているようだが、教えてくれる気は無いようだった。

よく分からないまま、結局その日は終わってしまう。けれど、今は他のことで頭がいっぱいで、気にするのはすぐに止めてしまった。

❀　❀　❀

翌朝、マチルダは気合いを入れて早起きをしていた。

しかし、ベッドには既にキースの姿がない。彼が早起きなのは分かっていたことだと自分に言い聞かせて部屋を出る。階下ではキースが紅茶の準備を始めているところだった。

「おはよう、キース」

「は、…えっ!?　お、おはようございます？」

驚いた顔を向けられて苦笑を浮かべる。

そんな反応をするくらい彼には珍しいことだったのだろう。

マチルダは笑顔でキースに近づき、彼の腕を取ってソファまで引っ張っていく。困惑している様子が伝わったが、理由を説明せずに彼を座らせた。

「どうしましたか？」

「ごめんなさい。本当はこんなことをしたくないけど、キースの言葉をちゃんと確かめようと思って」

「何の話ですか？」

「いいから動かないで」

「……ッ」

彼はビクッと肩を震わせてマチルダを見上げている。

確かめたいのはただ一つ。他人の命令で自分の足が動かなくなるなど、そんなことが本当に起こるのかということだ。

未だ半信半疑だった。けれど決して強い口調で言ったわけじゃないのに、引っ張ろうとした彼の腕はやけに重い。その顔は強張っていて、あまり強く引っ張りすぎると前のめりに倒れ込んでしまいそうになる。

――キースの足、本当に動かないんだわ……。

そのことに内心かなり戸惑っていたが、マチルダは顔には出さずに息を整える。

問題はこの先だ。こうなっても元に戻らなければ何の意味もない。

「う、動いて……」

この前もそうしたように、キースの膝をさすって額を押し付ける。

とても心臓に悪い。何て馬鹿なことをしているのだろう。このまま動かなければ、どうするつもりだ。そう思っても、今更止められなかった。

そうしているうちに、彼の膝が微かな動きを見せ始める。マチルダは確認するつもりでキースを見上げた。彼は小さく頷いたが、その顔は強張ったままだ。意図が摑めず困惑したままなのだろう。

盛大に息をついてマチルダは彼の足に頬を寄せて抱きしめた。半信半疑だったが、もう疑う余地はない。だって彼の表情に嘘は無い。この足は意に反して本当に他人の命令に従ってしまうのだ。改めて目の当たりにすると凄い衝撃だが、少なくともマチルダの言葉に反応してしまうというのは事実のようだった。

「マチルダ様、何のためにこんなことを？　確かめて終わりとは思えませんが」

「それは……」

マチルダは目を泳がせてキースから離れようとした。

動けるようになっていた彼は立ち上がって手を伸ばしかける。驚いたマチルダは捕まらないよう咄嗟に声を上げた。

「動かないで！」

「な…ッ!?」

強い命令にキースの膝はガクンと折れ、ソファに尻餅をついてしまう。

愕然とした顔で見つめられて罪悪感で胸が痛んだ。

「ごめんなさい。だけど、こうでもしないと何もさせてもらえないから……」

「どういうことですか？」

「こ、紅茶を飲ませてあげる」

マチルダは彼に背を向けて、準備していた紅茶を取りにいく。

ティーワゴンを押して戻る途中で溜息をつく音が聞こえたが、気づかない振りをして紅茶を注ぎ、彼の隣に座った。

「動かないのは足だけなので、そこまでしていただかなくても」

「あ…、そう、ね」

頷きながらもマチルダはキースの口に紅茶のカップを持っていく。

彼は諦めたように目を伏せ、それ以上は何も言わずに大人しく飲まされていた。

こくっと飲み込むと喉仏が大きく動く。その様子に胸がきゅんとなり、もっと見ていたくなって、更に一口飲んでもらった。

「美味しい？」

「ええ、世界で一番です」

お世辞と分かりつつも、嬉しくて顔が笑ってしまう。

興奮して手が震え、中身が零れてしまいそうだ。仕方なくカップは彼に持ってもらうことにして、マチルダはきょろきょろと落ちつきなく立ち上がった。訝しげに見上げるキースに気づいていたが、何も告げずに二階へ駆け上がっていく。

やや して マチルダは戻ったが、息が弾み、高揚した気分は更に高まっていた。

「か、髪を、梳《と》いてあげる！」

「……お願いします」

力いっぱい握られた櫛に視線を向け、キースは黙って身を預ける。

マチルダはサラサラの黒髪に触れ、ゆっくり櫛を通していく。乱れがないので既に梳かした後だろう。しかし、そんなことはどうだっていい。じっくり触ったことのなかった彼の髪が、思っていたよりずっと柔らかかったことに妙な感動を覚えていた。

「どう？　気持ちいい？」

「ええ、とても」

キースは微笑を浮かべて頷いている。

いつも髪を梳いてもらっている間、とても気持ちよくて幸せだった。彼も同じように感じてくれたらいい。マチルダはそう思いながら丁寧に梳かしていった。

「マチルダ様の髪には、今日は触れさせてくれないのですか？」

「あ。今日…は、自分でやるわ」

そう言うと彼は残念そうに顔を曇らせていた。

けれど、今日はもう少し一人で頑張ると決めている。先ほど紅茶を持ってくる時に厨房《ちゅうぼう》を覗いたところ、既に食事の支度は終わっているようだったが、他にもやれることは沢山あった。部屋の掃除、庭の草木の水やり、食べ終わった後の食器の片付け。

そこまでやったら今日は終わりにする。だが、これで終わりにはせず、彼が分かってくれるまで何度でも続けるつもりだった。強引すぎると分かっていたし、押し付けだとも思った。今のキースの顔はとても納得した様子ではなかったが、マチルダにも出来ることが沢山あるということを彼に知って欲しかったのだ――。

❀　❀　❀

たっぷり水を入れたジョウロを両手で持ち、マチルダはふぅふぅ言いながら花々に水をあげていく。裏庭の一角で育てていたチューリップは二日前に花開いたばかりだったが、ここのところ雨が降らないので元気がないようだった。

「たくさん飲んで元気になってね」

笑顔で声をかけながら一通り水やりを済ませると、重かったジョウロは片手で持てるほど軽くなっていた。残った水は周辺の芝に散布し、大きく息を吸い込むと一層強い緑の香りに包まれる。

「裏庭はこんなものよね」

大きく頷き、ふと二階の窓を見上げた。

ずっと見ていたのか、キースと目が合ったので軽く手を振った。彼も振り返してくれたので、こちらもまた振り返す。互いに何度もそれを繰り返すのでキリがない。最後には二人とも笑ってしまっていた。

「さて、一旦戻ろうかしら」

一人呟いて、敷地内の井戸の傍にジョウロを置きに行く。

額に滲んだ汗を手の甲で拭い、家に入る前にもう一度花壇を振り返った。ここから見ると色とりどりに咲くチューリップがとても綺麗だ。花壇の向こうにはオークの木が立ち並び、その隙間からは海原が見え隠れしている。いつもより荒れているのか、白波が立ち潮の音も大きく聞こえていた。

「ん？　今、何か……」

ふと潮の音に紛れて、一瞬だけ木々が立ち並ぶ辺りから物音が聞こえた気がした。

何かの足音のようにも感じられたので、念のために確認しに行こうと踵を返す。

しかし、その足はすぐに止めた。リスが一匹、落ち葉からぴょこんと姿を現して、トコトコと木に登っていくの目にしたからだった。

「キースに教えなくちゃ！」

マチルダはキラキラと目を輝かせて屋敷に駆け戻っていく。

とっておきの発見を彼にも早く教えてあげたかった。


——一方、そんなマチルダを二階の寝室から見ていたキースは、彼女が完全に視界から消えたところで僅かに息をつく。

ベッドに放り出されたままの足は今日も動かない。

最近は休みの度にこの調子なのだが、自由を奪うこと自体が目的ではないとキースにも分かっている。これが一日中続くわけではなく、朝だけだったり日中だけだったりと日によって様々で、一時間ほどで終わることもあった。

ああして楽しげな顔をする一方で、マチルダはこの行為に気が咎めてもいる。こうする度に彼女は、本当はこんなことをしたくない、私にも沢山のことが出来るのを知って欲しいだけなのにと寂しそうに呟く。

それをキースが納得しないのが、事を長引かせている一番の要因だった。問答を繰り返しているうちに、彼女はついに庭いじりまで始めてしまった。最初は雑草との区別もつかなかったのに、今では花についた害虫を平然と素手で取り、五リットルは入るジョウロにたっぷり水を入れて運べるようにもなった。相変わらず細く透けるような白い腕を見せ、これでも随分逞しくなったのだと力説してみせる。慣れない包丁を握り、こっちはヒヤヒヤして見ているのに、平気な顔で野菜の皮を剝いていく。家の中の掃除も丁寧で、窓の端の埃さえ見逃さない。そんな姿に驚いていると、キースの真似をしているだけだと彼女は笑っていた。

彼女に無理をする様子は微塵もない。笑顔はこの上なく生き生きして、目の前を飛び回る様子は蝶のように軽やかでいつも楽しそうだった。

「どうしてこんなことに……」

キースは項垂れ、どうしていいか分からず頭を抱える。

何でもやってしまうことが、そんなにいけないことだったのだろうか。

ここに来て間もなくの頃もマチルダは対等でありたいと訴えていた。いつかの婦人に言われたことは、その気持ちを呼び覚ますきっかけになったのだと想像は出来る。これまで大抵のことは彼女の意志を尊重してきたから、強引な手法を取ればキースが折れると思ったのかもしれない。

それを譲れずにいるのは、キースにとってこれが根幹を揺るがす問題だったからだ。

こうするのが当たり前の世界で生きてきたが、何も嫌々してきたわけではない。心から尽くしたいと思ってそうしてきた。

マチルダには大変な思いをさせたくないし、危ない目にも遭わせたくない。二人で暮らすようになったことで、彼女の身の回りの全てが出来るようになったと喜んでいた。使用人の一人も置かなかったのは、他の誰にも譲りたくなかったからだ。

なのに、こうまでするほどマチルダは本気だ。それを突きつけられ、どこでやり方を間違えたのだろうと自問自答し、答えの出せない日々が続くうちに彼女の出来ることがどんどん増えてしまった。

「キース、聞いて。リスがいたのよ！」

考えを巡らせていると、顔を紅潮させたマチルダが部屋に駆け込んできた。

迷いなく胸に飛び込む温もりに安堵して、少し強めに抱きしめる。最近、前よりも彼女を遠く感じて無性に寂しかった。

「ねぇ、キースはリスのことを知っていた？」

「いいえ」

「後でどこにいたのか教えてあげる。すごく可愛いのよ」

「楽しみですね」

彼女は前よりも無邪気に笑うようになった。

小さな発見をする度にこうして報告してくれる。その目を通した世界を知ることはとても新鮮だった。聞いているだけで、世の中にはワクワクするものが沢山あるのだと知ることが出来る。

――マチルダ様の楽しげな声が腕の中で弾んでいるようだ。

そんな微笑ましい気持ちを抱きながらも、彼女を箱に仕舞い、閉じ込めてしまいたくもなる。自分の中に巣くう暗い欲望に気づいたのは最近のことだった。

「あ、そうだわ。キースも着替えないと。ちょっと待っていてね」

キースの心の内など知る由もないマチルダは満面の笑みを向けている。

部屋から飛び出し、すぐにキースの服を一式持って戻ってきた。黒系統の似たような服ばかりで選ぶ楽しみなどないと思うのに、彼女はいつも楽しそうだった。

しかし、問題はそこではない。彼女はキースの着替えまで手伝おうとするのだ。

「今日こそ、全部手伝うわ!」

マチルダは真剣な顔でキースのガウンに手を掛ける。

腰紐が解かれて上半身が露わになると彼女が息を呑んだのが分かった。しかし、上は裸でも下はトラウザーズを履いている。顔を赤らめることなど何もなく、そもそもキースの全裸はこれまで飽きるほど見てきたはずだ。それなのに、マチルダはいつになってもこんな反応を見せる。『全部手伝う』と今しがた彼女が言ったのは、いつも途中で恥ずかしくなってしまい、キースの服を全て脱がせられた試しがないからだった。

「ここまでにしますか？」

「ま、まだ出来るわ！」

「……では、お願いします」

そう言うと、彼女はムキになってガウンを脱がせていく。

持ってきたシャツを広げ、キースの腕に袖がとおっていった。こちらも腕を伸ばしたり曲げたりして協力しているので、それほど難しい作業ではないだろう。けれど、前ボタンを留めている間、彼女の手はいつもの如く緊張していた。

「決して出来ないわけじゃないのよ。だけどキースが」

「私、ですか？」

「ううん。キースが悪いわけじゃないわ……」

要領を得ないことを言って、マチルダは真っ赤な顔でボタンを留めていく。

彼女の指先が胸に当たり、その冷たさにキースは頬をひくつかせる。外は寒かったのだろうか。温めるつもりでその手を包んだ。

「あっ」

「氷のような手ですね」

節ばったところのない白くて柔らかな手だ。

頬に当てると彼女は美しい青い瞳を潤ませていた。

「そ、そんなことをされたら、続けられないわ」

「どうしてですか？」

「だって私、キースのことを変な目で見て」

「変な目…」

「あ…、えーっと」

マチルダは目を泳がせて手を振り払い、慌てた様子でボタンを留めていく。

変な目とは一体何だろう。先ほどより頬を赤く染め、目も合わせてくれないので少し意地悪な気分になっていった。

「マチルダ様、もういいです。後は自分でやりますので」

「え…」

「この先はいつも私の腹部に視線を彷徨わせてモジモジするだけで、一度も下まで脱がせられた試しがないじゃないですか。そんなふうに煽られても辛いだけなんです」

「煽っているわけじゃ……」

「このままだと身体が反応してしまいます。動けない私を試しているのですか？」

「そんな…っ」

耳まで真っ赤にして彼女はぶんぶん首を横に振る。

それなのに抱き寄せて首筋に口づければ、誘うような甘い吐息を漏らすのだ。

そんな姿にますます煽られていく。キースは背筋をぶるっと震わせ、このままマチルダをベッドに引きずり込みたい衝動に駆られた。本心では一日中でもこの綺麗な身体を貪りたいと思っていた。

「っは、だ、だめ……ッ、今そんなことされたら。私、どんどん……」

「そんなこととは？」

「ほ、本当は分かっているんでしょう？」

首を傾げるとマチルダは涙目でキースから離れる。

息を弾ませながらベッドを下り、指先を小さく震わせていた。

「私が淫らなことばかり考えているから、だから怒っているの？」

「え？」

「だけど私…、キースの裸を見てしまうとだめなの。どうしても変な目で見てしまうのよ。キースは下心なしに着替えを手伝ってくれるのに、私だってそうしたいのに。昨夜のことを思い出して、今もやましいことを考えて……」

「マチルダ様？」

「あ、呆れてしまうでしょう？　動けないキースを見て、いけない気持ちになってしまうだなんて。恥ずかしいことだって分かっているの。なのに私、最近いつも……」

彼女は俯き、心底自分を恥じている様子だ。

恥ずかしがっていたのは、淫らな気持ちになってしまうから？

呆然と見ていると、マチルダは深呼吸を繰り返して背を向けた。

「少し頭を冷やさなきゃ。すぐ戻るから、ちょっとだけこのままでいてくれる？」

「は、はい」

ぎこちなく頷き、マチルダの背中を見送る。

廊下を走る音、階段を駆け下りる音が彼女の動揺を教えてくれていた。そのうちに家の扉が勢いよく閉まる音が響く。彼女はどこまで頭を冷やしにいくつもりだろう。正門を抜ける足音が遠ざかっていった。

「いけない気持ちって……」

静かになった家の中、キースは意味もなく咳払いをする。

やけにくすぐったい気持ちだった。顔が勝手に笑ってしまう。

何て可愛い人だろう。あんなことを正直に言っては人を喜ばせるだけなのに。

足が動けたならよかった。すぐにでも彼女を捕まえて抱きしめ尽くしてしまえたのに。

「私に下心がないわけがないでしょう」

キースはぽつりと呟き、ベッドに横になって自身の両手を天にかざした。

本当にやましいのはこの手だ。あんなに綺麗な人を散々穢してきたのだから。

一人で想いを募らせていた頃は、罪悪感に苛まれながらも彼女を想像して自身を慰めたこともあった。他の誰かで欲望を解消出来たならどれだけ楽だったろう。女性から誘われることは度々あったが、誰一人応じる気にはなれなかった。

今ではあの美しい身体に触れようと毎夜の如く手を伸ばしている。日中でさえ彼女に触れたくて、触れることを許して欲しくて毎日必死だ。

「……命令されて動けないくらいがちょうどいいのかもしれない」

かざした両手をベッドに投げ出し、ゆっくり目を閉じる。

意識を手放すつもりはなかったが、いつの間にか眠り込んでしまった。

❀　❀　❀

――風が吹き、雨が窓を叩いている。

不意に意識が戻り、水滴のついた窓を見てキースは慌てて起き上がった。

どれだけ眠っていたのだろう。マチルダは帰っているのだろうか。考えながら耳を澄ませたが屋敷の中で人が動く気配は感じられず、何かあったのではと不安が頭をもたげた。

その直後、微かに戸が閉まる音が響き、彼女が帰ってきたのだと安堵した。この雨ではかなり濡れてしまっただろう。すぐに温めてあげたいと思ったが、膝の感覚が戻っていない。キースは歯を食いしばり、腕に力を入れてベッドから出ようとした。

「う…ッ」

しかし、足が動かないというのは思いのほか不自由なもので、ベッドから出ることさえままならない。思い切り肩を打ちつけながら、身体が床に転がってしまった。

顔をしかめながら床を這い、キースは彼女のもとへ急ぐ。起きたばかりなせいか、この状態で何が出来るという思考は働かず、ただ闇雲に前に進んでいるだけだった。

ところが、階下の靴音が階段を上る音を耳にしてキースはピタリと動きを止める。

マチルダ様の靴音とは違う？

それよりも重く、どちらかと言えば男のもののように思えた。

まさか強盗だろうか…？

彼女は無事なのかと背筋が凍った。しかし、考えてみると悲鳴らしきものは耳にしておらず、大きな物音も聞いていない。マチルダはまだ帰っていないのかもしれなかった。それならその方がいい。彼女がどこかで雨宿りをしていることをキースは切に願った。

だが、近づく靴音に神経を尖らせているうちに、強盗にしてはどこか不自然なことに気がつく。靴音は既に二階で響き、いくつか部屋を開ける音が聞こえてくるのだが、中を物色している様子がないのだ。

――コツ、コツ……。

廊下を進む靴音がこの部屋の前で止まった。

どちらにしても、勝手に侵入してきた時点で不審者であることは疑いようがない。問題は今のキースに何かあっても、まともに動けないことだ。周囲を見回し、せめて防御になるようなものをと枕を掴み取る。非常に心許ないが、それが今出来る精一杯のことだった。

ギ…、小さな音を立て、部屋の扉が開かれる。

微かに見えたのは見覚えのない男物のコート。開いた扉からおもむろに踏み出す革靴。その姿にやはりマチルダではなかったと身を固くした。けれど、少しくたびれた革靴やコートはかなり上質なもので、想像していた不審者とは全く違う。

「やぁ、キース。そんなところで何をしているんだい？　随分探したよ」

「――ッ!?」

勝手に侵入してきたにもかかわらず、カラッとした笑顔で話しかけられ、キースは驚愕で目を見開いた。

「あはっ、何て顔をしているの。まさか僕を忘れたわけじゃないだろう？」

「……ヴィン、セント…様？」

「そうだよ」

キースはごくりと唾を飲み込む。

一見優しげで甘い顔立ち。人によっては軽薄に見える微笑。前は上腕まであった白慢の金髪が今は更に伸びている。忘れるはずがない。忘れられるわけがない。目の前の男は紛うことなきヴィンセント本人だった。

「なかなか良いところじゃないか。鄙《ひな》びたボロ家に住んでいると思っていたのに」

「マチルダ様にそんな生活をさせられるわけがないでしょう」

「その割には家庭教師なんて、落ちぶれた貴族の娘のような真似をさせているじゃないか。それどころか使用人も雇わず、彼女に庭仕事をやらせている。さっきこっそり見ていたんだよ。ここは海側から上がって来られちゃうみたいだからね」

「……ッ！」

「あぁ、だけど知っているよ。腹立たしくも君はお金には全く困っていない。少し調べたんだ。この町一番の有力者と随分仲が良さそうだね。彼の勧めであちこち投資をして、不動産もかなり所有しているみたいじゃないか。事業の一部を任せられるのではとの噂もある。父親の代からの付き合いらしいけど、君自身、随分取り入るのが上手なんだね。こーんな立派な屋敷を構えたりして、もしかして君はご主人様を気取ってマチルダを酷く扱っていたのかな？」

「そんなわけないでしょう！」

「そうかな？」

ヴィンセントはクスクスと愉しげに笑っている。

しかし、怒りは湧いても彼に自分の考えなど何一つ言いたくなかった。投資も不動産も父から引き継ぎ、それを少し増やしただけだ。週に一度出かけていくのも、その手の話を少しするだけで、基本的にマチルダに説明した以上の理由はない。事業の一部を任せたい旨は何度か冗談まじりに言われたことはあったが、マチルダとの時間が減ってしまうだけでなく、少しでも表に出れば追っ手に存在を知られかねず、そんな危ない橋を渡れるはずがなかった。

それにマチルダにはお金の心配はないと何度も言っている。働く理由は社会勉強のためで、キースに頼られる存在になりたいからだと言っていたし、資金面を心配しているわけではないとも言っていた。確かに金の心配がない理由を説明したことはなく、彼女は散財することをよく思っていない節がある。だが、その点については性格なのだろうと理解していた。マチルダを酷く扱うなど、そんなことは考えたこともない。そもそもヴィンセントなどに勘ぐられる筋合いは欠片ほどもない話だ。

「まぁ、理由なんてどうでもいいよ。僕にはそう見えたってだけ。元気そうで何よりだとも思ったけどね」

「……ここに来た目的は、マチルダ様を連れ戻すためですか」

「最終的にはそうかもね。だけど今は君に用があってここにいるんだ。マチルダだけが家を空けるなんて、こんな機会は滅多にないもの。まるで招き入れられた気分だよ」

「どういうことですか」

キースはヴィンセントを睨み、拳を握った。

そういえば…と、少し前のことがふと頭に過る。海辺で会った婦人に人探しをしている者がいると忠告されたことがあった。あれはヴィンセントのことだったのだろうか。彼がここに現れたということは、まさかランズベリーの追っ手もそこまで迫っている？

いや、だとするならあまりにも不自然だ。今の彼は供もつけず、単独で動いているように見える。そのうえ、キースが一人のところを狙うなど、自分の存在をマチルダには気づいて欲しくないみたいだった。

「キース、君、足の調子が随分悪そうじゃないか。そういえば、子供の時にマチルダを庇って怪我をしたんだったね」

「普段は動けます。今は命令されているので動かないんですよ」

「は？」

訝しげに顔をしかめ、ヴィンセントはキースの足をジロジロ見ている。

別におかしなことは言っていない。この足は彼女の命令にとても従順なだけだ。分からないくせにそんな顔をされること自体が不愉快だった。

「へ、へえ…。何だかよく分からないけど、とにかく今は動けないってことだよね？」

「それがどうしたというのですか」

「やだなぁ、こわい顔。少し見ないうちに感情が随分顔に出るようになったんだね。まぁいいよ。僕は今とても機嫌がいい。凄くいいことを思いついてしまったんだ」

その言葉に眉を寄せると、ヴィンセントは笑いながら近づいてくる。

後ろに下がって距離を取ろうとしたが、投げ出した足は鉛のよう。腕の力だけで動けるのは微々たる距離だ。しかし、彼がよからぬことを考えていることだけは分かる。状況を考えてもキースが不利なのは間違いなかった。

けれど、ヴィンセントに対して恐怖は感じない。マチルダに対する暴力的な行いをした愚劣な男、彼に対する感情は今でも怒りしか持っていなかった。

「あなたにだけは絶対にマチルダ様を渡さない」

「っは、笑わせるな！　そんな足で何が出来るっていうんだ!?」

ヴィンセントは突然語気を荒げ、キースの足を蹴り上げる。

痛みは走ったが鈍い感覚しかない。キースは蹴りつけてきたその足を鷲掴み、ぐらついたところを横に払った。

「わあっ!?」

ヴィンセントは為す術もなく床に転倒する。

その拍子に伸し掛かり、羽交い締めにしてやろうと考えた。ところが、動かない己の足が想像以上に邪魔をする。腕と腰の力で地味に近づいていくのが精一杯でなかなか前に進まない。本当なら、こんな男を縛り上げて大人しくさせるなどわけもないことなのに。

「…っく」

忌々しく唇を噛み締め、キースはヴィンセントに手を伸ばす。

せめてこの手で拘束を…。この男を自由にしておくと、自分だけでなくマチルダにも危害を加えられることは目に見えている。

だが、コートを摑み取ろうとする寸前で身を躱されてしまった。キースが届かないギリギリのところまで距離を取り、彼は息を弾ませながら乱れた髪や服を整えていた。

「参ったな。そう簡単にはいかないか」

小さく息をつき、ヴィンセントは残念そうに呟く。その視線は室内を彷徨っていて、何やら考えを巡らせているのが手に取るようにわかる。キースは警戒しながらヴィンセントの視線の先に意識を向けた。

と、彼は突然ベッドの脇に置かれていたサイドテーブルに駆け寄っていく。

投げつけられることを予想して身構え、案の定飛んできたサイドテーブルを持っていた枕と両手でガードする。しかし、それこそがヴィンセントの罠だった。その僅かな隙にキースの真横まで大きく跳躍し、彼はとびきりの笑顔で頭を蹴りつけてきたのだった。

「……ッ」

「あははっ、残念だったね。以前、マチルダの頭を壁に叩きつけて大人しくなった時のことを思い出したんだ。やっぱり狙うなら頭だよね！」

続けざまに頭を蹴られ、朦朧として視界が歪んでいく。

床に横たわると身体に伸し掛かられ、その歪んだ視界でヴィンセントを見上げた。彼はこれまで見たどんな時より愉しそうだった。マチルダに暴力を振るった時もこんな顔をしていたのだろう。あの時の彼女の顔が頭を過って、また怒りが再燃した。

だが、ヴィンセントは前からこんな顔だっただろうか。瞳の奥には仄暗い憎悪が見え隠れして、不安定に揺れた眼差しに違和感を覚えた。

「君は僕にかすり傷一つ与えることが出来ない！　僕はマチルダの夫になる男だ。それが許されるほどの人間なんだ！　だから彼女に何をしても許されるんだよ!!」

キースの身体はいつの間にかヴィンセントに担がれていた。

どこへ連れて行こうというのだろう。ぼんやりと考えている間も、ヴィンセントは息を荒げて階段を下っていく。

「マチルダが大切なら大人しくしていろよ。抵抗したら彼女に酷くしてやるからな」

見計らったように彼は時々そんなことを命令した。

けれど、暴れたくてもそう出来ないようにしたのはヴィンセントの方だ。怒りで感情が焼き切れそうなのに、頭がぐらぐらして気を抜くと今にも意識が飛んでしまいそうだった。

外はますます激しく雨が降っていた。そんな中、ヴィンセントはキースを担いで裏庭へ回る。侵入した時に開けておいたと見られる裏門を抜け、そのまま海辺へ続く階段を下りていった。

ヴィンセントはこうまでして何をするつもりだろう。キースの身体は多少細めだが身長があるので、それなりに重いはずだ。激しく息を乱していることから、相当無理をして運んでいるのが窺えるようだった。

——運ぶ…？　そうだ、どこかへ運ぼうとしている？

屋敷が遠ざかっていく光景を目で追いかけながら、キースはこの先に何があったろうと懸命に考えを巡らせた。

「まさか……」

「動くなと言っているだろう！　マチルダがどうなってもいいのか!?」

ヴィンセントの怒声が少し遠く感じた。

ふと、砂に滴り落ちていく雨粒を見て、血が混じっていることに気がつく。蹴られた時に頭を負傷したのかもしれなかった。

「っは、はあっ、はあッ、ぜぇ…ッ」

足をよろめかせながら、ヴィンセントは尚も進んでいく。濡れた砂に足を取られながら進む先に何があるのか。ぼんやりした頭でも、答えはすぐに見つかった。

まっすぐ続く砂浜には、途中で岬へ続く分岐がある。緩やかな勾配《こうばい》の先に見える水平線はなかなかのもので、晴れた日はその景色を眺めにやってくる者も多いのだ。キースもいつかマチルダを連れて行きたいと思っていた場所でもあった。

だが、こんな雨の日に何の用があるというのか。まともに動けない者を担ぎ、嵐の中、人目を忍ぶように運ぶ目的などキースには一つしか思い浮かばなかった。

「ぜっ、ぜぇ、ぜえ…ッ」

想像どおり、向かっているのは岬への横道だ。

もうすぐ頂上についてしまうことに焦りを募らせながら、キースは自分の手を開いたり閉じたりを繰り返す。先ほどよりは動ける。このまま何もかも彼の思いどおりにさせるなど冗談ではなかった。

「うあッ!?」

キースは腕を振り上げ、ヴィンセントの背中に力の限り打ちつけた。

突然の衝撃でヴィンセントは前のめりに倒れ込む。放り出されたキースは地面に転がり、全身を強かに打ちつけていた。しかし、痛みの感覚はあまりない。その代わり、朦朧としていた頭は随分ましになっていた。

「ぜぇ、ぜぇ…ッ、もっと…ッ、蹴っておくんだったよッ。あの場で殺してもよかったけど、死体を運ぶなんて嫌だったし」

「やはり私を殺す気でいたのか」

「うるさい！　それが何だって言うんだ。どっちみち君の命運は尽きているんだ。だってそうだろう!?　そんな足では僕から逃げられやしない！　ほら!!」

「っく、なに、を――ッ」

ヴィンセントは醜悪な笑みを浮かべてキースの足を摑み取る。

ぐいぐい引っ張られ、もがいても身体は土の上をズルズル滑っていく。抵抗しようにも手に摑めるものは何もなく、未だ足の感覚も戻らない。

彼の目的はただ一つ。頂上までキースを運び、海へ落として殺すことだ。

マチルダを連れ去るため、邪魔になる人間はあらかじめ排除しておく。そのための手段は選ばないつもりなのだ。

この天候では海に落ちても誰も気づかない。そのうえ、この足では自力で浮かび上がれないだろう。このままではみすみす殺されるのを待つだけだった。

「ああ、何て素晴らしい！　これでまた叔父さまの信頼が取り戻せる!!」

目と鼻の先にある頂きを前に、うわずった声で高揚する様子に再び違和感を覚える。

言い換えればそれは、〝今は信頼を失っている〟ということにならないだろうか？

この状態でそんな分析をしている自分もおかしいと思うが、今のヴィンセントはそれ以上におかしい。この違和感の正体が、かなりの窮地に彼が追い込まれているせいだと考えるなら納得もいく。自らの手を汚してキースを殺さねばならないほど、後がないところに立っているとするなら……。

「まさか、アーサーが…？」

頂上まであと数歩、そんな場所でキースは突然一つの考えに辿り着く。

ヴィンセントはぴくんと頬を引きつらせて立ち止まる。摑んでいた足を放り、忌々しげに舌打ちをしてキースの顔を覗き込んだ。

「今、アーサーと言ったのか？」

「……」

「どうして君がそれを知っているんだ？　まさか今でもランズベリーの誰かと連絡を取っているのか⁉」

「そんなわけがないでしょう。――ですが。なるほど、そういうことでしたか」

「なんだよ」

「いえ、随分焦っているように見えるのが不思議だったもので。……ああ、そうでしたか。それは大変だ。ランズベリー家での窃盗《せっとう》がばれてしまったのでしょう？」

「……ッ！」

顔を歪めるヴィンセントを見てキースは身を起こす。

ますます激しくなる雨は滝のように降り、二人ともぐちゃぐちゃだった。顔に張りつく髪をかきあげ、キースは勝手に笑ってしまう顔を手で押さえる。少しずつ色んなことが見えてきたからだった。

　ランズベリー家ではここ数年、妙なことが時々起こっていた。

　最初は偶然と片付けていたが、何故かヴィンセントが訪れた時ばかり宝物庫が荒らされるのだ。それが何回か続いて不審に思ったことが、キースが〝調べもの〟をするきっかけとなった。

「あなたのことは色々調べました。年々膨れ上がっていく借財。にもかかわらず、その放蕩ぶりには拍車がかかり、首が回らない状態にまでなっていたこと。――行き詰まってランズベリー家の宝に目を付けたのかもしれないという疑いはずっと持ち続けていましたが、旦那様に報告出来るだけの証拠を摑むには至りませんでした。その前に様々なことが起こってしまいましたので……」

　時間がかかった理由は、当時ヴィンセントに疑いを持っていたのがキースだけだったということもある。

　相手はマチルダの婚約者、間違いなら許される行いではない。だから他の人間を巻き込めないと思ってのことだったが、あの頃のキースに自由になる時間はほとんど無く、なかなか思うようにはいかなかった。

　そのような中でキースはヴィンセントに嵌《は》められ牢に放り込まれた。そして止むに止まれず、もしもの時は自室の机から書類を持ち出して欲しいとアーサーに頼んだのだ。それがヴィンセントに関する資料だと説明した覚えもある。彼の今の様子を見れば、調べを進めたアーサーに追い込まれたことは想像に難くなかった。

しかし、ヴィンセントは何故かまだ諦めていない。マチルダを連れて帰れば何とかなるとでも思っているのだろうか。ランズベリー候がそんな人間を許すなど考えたくはないが、彼を殊のほか可愛がっていたことを考えると完全に否定出来ない気もした。

「……どんな手を使ってでも、もっと早くに君を葬っておくんだった」

激しく打ちつける雨の中、ヴィンセントは忌々しげに呟く。

濡れた髪の向こうから暗く澱んだ碧眼を覗かせ、キースの眼前で彼は両の手のひらをわざとらしく大きく広げる。その意味が理解出来ずにいると、突然彼の身体が前のめりに倒れ込んだ。自然と手のひらは彼の全体重を乗せ、キースの首を絞める格好となっていた。

「ぐ、…っう、あ」

「全く酷い連中だよ。いずれは僕のものになるんだから少しくらい大目に見てくれてもいいのに、ジョディまで一緒になって僕を貶めるんだ。せっかく何年もかけて叔父さまの心を懐柔《かいじゅう》してきたのに、何もかも滅茶苦茶じゃないか…っ！」

ヴィンセントは唇を震わせ、憎悪の眼差しでキースを見下ろしている。

血走った目に冷静さは見られない。キースは首にかかる手を外そうともがき、彼の顔を払いのけた。しかし、よろめいたヴィンセントの身体はすぐに体勢を立て直し、襟首を摑み取られてしまう。

「ちくしょう！　このままだと今以上に面倒なことが露見しかねないんだよ！　冗談じゃない。何とかマチルダを連れ帰って叔父さまに考えを改めてもらわなくちゃ……」

そう言って襟首を引っ張り、ヴィンセントは再びキースを引きずった。

不意に肩から上がふわりと浮く。首を反らすと波しぶきが視界の端に映り、後がないことを知った。

「ああ、やっと君を消せる。すごく邪魔だったんだ。身投げとでも片付けておくかな。それとも、飛び降りるところを見たって証言した方がいい？　そんな必要もないか。君一人死んだところで世の中には何の影響もないもの」

どうやらキースが調べた以上にまずいことがヴィンセントにはあるらしい。

しかも、それを隠すために彼はマチルダを利用しようとしている。彼女を手に入れるのに邪魔なキースをあと一歩で殺せるとあって、酷く高揚しているようだった。

キースはランズベリーで味わった苦い感情を思い出し、悔しさに唇を噛み締める。思い描く最期を誰もが迎えられるわけではないが、こんな最期は嫌だ。まだマチルダとは始まったばかりだ。彼女がぶつけた不満に対しても、自分の気持ちを噛み砕いて説明したことがなかった。やり残したこともある。密かに思い描いていた未来だって話していない。だから地面を這いずり回ってでも、この怒りを放り投げてでも、キースは彼女のもとへ戻らねばならないのだ。

襟首を摑まれてもがくさなか、ヴィンセントの顔は更に醜悪に歪んでいく。

そして、それに見合う下種な笑いを浮かべ、耳を疑うことを言い始めたのだった。

「はぁはぁ、安心してよ。マチルダはちゃんと可愛がってあげるから。死ぬまで僕の子を孕み続けろと言ったことがあるけど、もうそんな程度では済ましてやらない」

「――――ッ!?」

「何人もの男で穢してやるんだ。朝に晩に犯し尽くして滅茶苦茶に狂わせてやる。いっそ誰の子か分からない方が面白いな。孕んだらそれを責め立ててやるんだ。そうすれば、マチルダは淫乱な雌として一生僕の奴隷に……、ん、う――――ッ!?」

吐き気のする台詞を聞いているうちに、キースの視界がぐにゃりと歪んでいた。

その直後、得意げだったヴィンセントの口が塞がれ、彼は激しくもがき出す。よく見ると塞いでいたのはキースの手で、キースはいつの間にかその身体に馬乗りになっていた。

頭がぐらぐらする。目の前のこれは人間か？　どうしてそこまで酷い考えが思いつく。それを笑って言えるんだ。彼が人の言葉を喋っていることさえ理解したくなかった。

触っているだけで手が腐《くさ》り落ちてしまいそうだ。この醜い男がマチルダの相手に選ばれたのは何故だろう？　こんな男のために、どれだけの想いを殺さねばならなかったか。こんなにも下劣で器の小さな男などマチルダには少しも相応しくないのに。

「ぶはッ、何をする!?　僕に何かしてただで済むと思うなよ！」

「あなたが悪いんです」

「わけの分からないことを言っていないでどけよっ！」

苛ついた様子で押しのけられて、キースはよろめきながら立ち上がる。

ヴィンセントの視線がキースの足を彷徨い、忌々しげに舌打ちをされた。その意味はよく分からなかったが、先ほどとは何かが違う気がして首を捻る。ふと視界の向こうに荒れた海が広がっていることに気がついた。いつ形勢が逆転したのだろう。追い詰めるのはいつの間にか自分の方になっていた。

「来るな…ッ！」

一歩も動いていないのにヴィンセントはそんなことを言って後ずさる。

ああ、そうか。彼は私が怖いのだ。

僅かに怯えた表情を見て、キースは心底呆れていた。彼は弱い者には強く、強い者には弱い。以前、滅茶苦茶に殴られたことでキースには勝てないと知っているから、こうして対峙しているだけで恐ろしいのだろう。だから何もせずとも後ずさる。つい今しがたの強気な行動はすっかり鳴りをひそめ、実にヴィンセントらしいと思った。

キースはドロドロになった彼の革靴をじっと見つめていた。もう彼を視界に入れるのも触れるのも嫌だった。けれど、このままにはしておけない。どこかに縛り付けて、その間にマチルダを連れてこの地を離れなければ…。彼女はさぞ哀しむことだろう。せっかくこの地に慣れ、あの屋敷も気に入っていたのに残念でならない。

ああ、それにしてもヴィンセントの口を押さえた手が気持ち悪い。キースは止めどなく様々なことを考え、己の手を執拗に自分の服になすり付けていた。

「——あ、」

そんな中、激しい雨風が襲いかかり、キースは前のめりになって膝をついてしまう。

今日は何て日だ。少し気を抜いただけで立っていられない。頭は蹴られ、こんな場所で殺されかけて、天気まで最悪だなんて完全に厄日《やくび》だ。

——立っていられない？

と、そこで動かなかったはずの足に感覚が戻っていることにようやく気がつく。

何かが違うと思ったのは、立ち上がったことで見える景色が変わったからだ。どうして動くようになったのだろう。疑問に思いながらヴィンセントに視線を戻した。

「……？」

そこで、キースは瞬時に顔を強張らせる。

すぐそこにいたはずのヴィンセントがいない。右を見ても左を見ても見当たらず、隙を突いて横を通り抜けたのかと後ろを振り返るが、彼の姿はどこにもなかった。

「まさか……」

数秒前のことを思い出し、キースは息を呑む。

考えてみれば、キースが前のめりに倒れたのは追い風だったからだ。対峙していたヴィンセントにとってそれは向かい風になる。尻餅をつくように倒れたと想像するのが自然だが、あと少しで落ちてしまいそうなところに立っていた彼に、尻餅をつける場所など果たしてあっただろうか。

ごく、と唾を飲み、キースは恐る恐る崖下を覗き見る。

落下したとしか思えなかったが、目を凝らしてもそれらしき姿はどこにもない。何かが浮かび上がってくる様子さえ確認出来なかった。

「違う。浮かび上がれないんだ……」

そうとしか考えられない。この荒れた海では自力で上がってくることさえ困難なのだ。

だったら、私は何をすればいいのだろう？

キースはその場に座り込んでぼんやり考える。飛び込んで助けに行くなど自殺行為にしかならない。ならば助けを呼びに走ればいいのだろうか。しかし、こんな日に船を出す奇特な人間がいるだろうか。水も冷たく、助かる可能性など限りなくゼロに近いはずだ。

けれど助けを呼びに走って、それで本当に助かってしまったら……？

頭の中にそんな考えが過り、身体が硬直した。

今日のように不意を突かれ、今度こそ命を落としたら？　そうなった時、残されたマチルダはどうなるだろう。

ヴィンセントは己の欲と自尊心を満たすためには何でもする人間だ。最善と思えばマチルダの命を脅かすことでも平気でやるだろう。そうなればランズベリー候も黙っていられない。使用人と駆け落ちした娘と憤りながらも、最後にはヴィンセントの要求を呑んでしまうかもしれない。

そうなれば……、そうなれば……――。

「っは、はぁ、はあ…ッ」

考えているだけで息が上がっていく。

キースは自分の足を睨み付け、拳を握って何度も殴った。動けなければ全てが綺麗に終わる気がした。この状況で自分には何も出来なかったのだからと。

そもそもどうしてこの足は動いたんだ。マチルダの命令を従順に聞ける素晴らしい足だったのに、何で勝手に動いたりしたんだ。何度も何度も殴り続ける。

けれどを身体濡らす雨に体温が奪われ続けて、もうまともに力が入らない。こんな時に限って、この足は傷一つついてくれなかった。

「はぁ、…はあ…――」

次第に自分のしていることがよく分からなくなってくる。

数秒前に考えていたことさえ思い出せなくなっていた。

頭の中が空っぽになってしまったので、動きを止めて空を見上げた。黒い雲が全体を覆い、ところどころで稲光が走っている。痛いほど叩きつける激しい雨はしばらく止みそうもない。

「……目が開けられない」

呟きは一際大きな海鳴りにかき消されていく。

あまりに凄い音にビクリと肩を揺らし、後ろを振り返ろうとして途中でやめた。視界の隅に映ったものがやけに気になったからだ。

この雨風にも負けず、真っ白な花が密やかに咲いていた。それは名前も知らない花だったが、今まで見たどんな花より綺麗だと思った。

「マチルダ様に差し上げよう」

根元からそっと摘み取って、キースは笑みを浮かべながらしばしその花を眺めた。

しかし、海側から吹く猛烈な風に背中を押され、急かされるまま立ち上がる。ぐいぐいとまた風に押されたので逆らわずに歩くことにした。緩やかな勾配を下っていき、砂浜に足を取られながら一歩ずつ進んでいく。雨に混じって温かいものが頬を伝っていたが、この激流と共に全てを流してしまうことにした。

キースは前だけを見つめる。激しく唸る波しぶきは、最後まで振り返らなかった。

❀　❀　❀

一方その頃、慌てて家に戻っていたマチルダだったが、キースがいないことにはまだ気づいていなかった。雨で濡れてしまった服を何とかしなければと、先に着替えを済ませていたからだ。

「キース、遅くなってごめんなさい！　すっかり雨に降られ……」

濡れた髪を拭きながら、マチルダは彼の待つ部屋に駆け戻った。

ところが、ベッドの上には誰もいない。部屋のどこを探してもキースはおらず、返事が返ってくることもなかった。

「……足が、動くようになったの？」

それしか考えられず、廊下を振り返る。

だったらどこに行ってしまったのだろう。家に戻ればキースはいつもすぐに姿を見せるが、この部屋に来るまで屋敷内で人が動く気配は全く感じなかった。

「大変！　雨に気づいて、私を探しに出かけたんだわ！」

行き違いになってしまったと思い、マチルダは脇目も振らずに家を飛び出した。

しかし、門に向かって駆け出そうとして、ふと立ち止まる。雨に混じって裏門が閉まる音が微かに聞こえた気がしたのだ。

まさかと思って慌てて引き返し、裏庭に回って彼の姿を探す。

そして、ヨロヨロとした足取りでオークの木に寄りかかり、ずぶ濡れになっているキースを見つけたのだった。

「キースッ!?」

マチルダの声に反応してキースは顔を上げる。

傍に駆け寄り、その酷い有様に目を疑った。服はところどころ破けてボロボロ、額から血を流し、破れた服の隙間からも血が滲んでいた。

「何があったの!?　誰がこんなことを……ッ」

「……」

「キース！」

返事がないので彼の名を強く呼ぶと、キースは何度か瞬きをした。

惑う様子で瞳を揺らめかせ、やがて何かを思いついたように笑みを浮かべる。手に持っていた花を差し出し、マチルダをまっすぐ見つめた。

「花を摘んできました」

「は、花…？」

そんなわけがないでしょう。

言おうとした途端、キースの身体が倒れかける。慌てて身体を支え、その横顔を見上げた。随分長い間雨に打たれていたのか、唇は紫になってかなり憔悴《しょうすい》した様子だった。

「大丈夫です。何でもないんです…。申し訳ありません。言いつけを破って足を動かしてしまいました……」

「何を言っているの？　そんなの今はどうでも」

「申し訳ありません。申し訳……」

キースはどうでもいい謝罪ばかりを繰り返している。

一体何があったというのだろう。だけど今は話をしている場合ではない。そう思い直して彼を支えながら家に戻った。

「とにかく着替えなくてはね。あちこち怪我もしているようだし、念のために後で医者に診てもらいましょう」

居間のソファに彼を座らせ、つい先ほどまで自分が使っていた布でキースの髪を拭いていく。額の傷は浅いのだろうか。今はそれほど出血していないのがせめてもの救いだ。

マチルダは着替えを取りに行くため、その場を離れようとした。

しかし、離れた途端キースに腕を摑まれ、後ろから抱きすくめられてしまう。

「どこにも行かないでくださいっ。医者は要りません。何も要りませんから……！」

何て冷たい身体だ。彼の手はカタカタと震えていた。

「キース？」

首を傾けて振り向こうとすると、キースはハッとして身体を離す。

「服が汚れ…」

「そんなの構わないわ。では先に脱いでしまいましょう。ね？」

「……はい」

素直に頷く彼を抱きしめ、胸のボタンを一つひとつ外していく。

途中、二つほど無くなっていたので問いかけたが、目を逸らされた挙げ句、固く口を閉ざされてしまった。

だが、シャツを脱がせて露わになった肌には至るところに擦り傷があり、こんなのを見てしまって、知らないふりなんて出来るわけがなかった。

「キース、お願い教えて。一体何があったというの？　今までどこに行っていたの？」

「何も…。うっかり転んでしまっただけです。風が本当にすごくて」

けれど、キースは掠れた声でそう答えただけで、また口を噤んでしまった。

確かに風は凄かった。マチルダだってそれは分かっている。

そうは思うのだが、キースの様子がいつもと違いすぎて信用しきれないのだ。この怪我だって転んだにしては背中に集中しすぎている。そもそも、嵐の中でわざわざ花を摘みにいくだろうか。明らかに何かを隠しているようにしか思えなかった。

聞きたいのに聞けない。口を開こうとするとキースからピリピリとしたものが伝わってきて、『聞かないでください』と訴えられているようだった。

「寒くはない？　顔色が悪いわ」

「大丈夫です……」

キースはぼんやりした様子で頷き、自分の腰に手をかける。

ところが、下を脱ごうと前を開けようとしたところで彼は手を止めてしまう。長い睫毛が震え、翡翠の瞳がゆらゆらと彷徨っていた。

摑み所のないその様子はマチルダをますます不安にさせていく。どこか遠くに行ってしまいそうに思えて彼の腕を摑んだ。別段目を逸らすということもなく、彼はじっとこちらを見つめている。

しばらくそうして見つめ合っていたが、不意に彼は強い力でマチルダを搔き抱く。首筋に唇が押し当てられて熱い息がかかり、微かに身体をびくつかせると顔中にキスをしながらソファに運ばれた。

しかし、それ以上の何かをしようということではないらしい。彼はマチルダを座らせると目の前の床に膝をつく。そして、しばしの沈黙の後、納得出来ないといった様子で首を傾げたのだった。

「マチルダ様、どうしてこの足は動いてしまったのでしょう？」

「え？」

「この足はずっと私の誇りでした。時々動かなくなっても、あなたの命令に従順であることさえ、マチルダ様を守ることが出来た証だと誇らしく思っていたのに……」

そう言って、キースは自分の足を摑み、ぐっと爪を立てている。

自身を責めているように見えるその姿に、マチルダは違和感を覚えた。

「……まさか、キースは自分の足が動いたことを不満に思っているの？」

動揺を顔に浮かべると、キースは膝に置いたマチルダの手を摑んだ。

そのまま彼の頬に手のひらが押し当てられたが、あまりに冷たい肌だったので空いた手で反対の頬に触れると、今にも泣き出してしまいそうな眼差しを向けられた。

「不満に思うのは、おかしなことですか？」

「……」

「出会った瞬間から、マチルダ様は特別な人でした。まだ二歳だった私は父に抱きかかえられ、生まれたばかりのあなたの手を握りました。キラキラと輝く、何とも温かな宝物でした。漠然と、この手で一生お守りしようとも思いました。それは旦那様や奥様、ジョディ様にも感じなかった不思議な感覚で、何年経っても変わらないものでした。しかし、怪我を負った時、ようやくこの感情が何であるかを知ったのです。あの時の私は一人の男として好きな人を守りたいという一心で動いていました。だからこそ、身代わりになったこの足を誇りに思っていたんです。それなのに……、それなのに……──」

キースは哀しげに項垂れ、酷く落ち込んだ様子を見せている。

そんな姿に、マチルダの胸は強く痛んだ。好きだから守りたいと思ったという感情がまっすぐ伝わってくる一方で、そのことに囚われすぎているように思えたのだ。

──これはもう私の足ではないのかもしれません。

マチルダの言葉で初めて足が動かなくなった時、彼はそう言っていた。怪我を負った時に、その足がマチルダのものとなっていたとでも考えたのだろうか。だから嬉しそうな顔を見せたのだろうか。

だとすると、不満に思うのは実際はそうではなかったと気づいたから……？

「その足は動かなかったの？　それとも動けなかったの？」

「……分かりません。本当に分からないんです」

消え入りそうな声は小さな子供が叱られた時のようだ。

別に責めているつもりはない。責められる理屈なんてどこにもない。

むしろ、ここまで追い込まれていた彼に気づけずにいた自分が情けないのだ。

「キースがそんなふうに考えているなんて思いもしなかった。私といることで、こんなに無理をしていただなんて……」

「え…？」

「だって、相手が私だから必要以上に考えてしまうんでしょう？　他の誰かだったらもっと楽だったとは思わない？　少なくとも、こんなふうに苦しんだりはしなかったはずよ。私はキースが思うような特別な人間じゃない。キラキラもしていないし、宝物のように大切にされるような女でもないわ。望んでいることなんて小さなことばかりよ。もっと多くのことを二人で分け合えたらいいのにって思っていただけで…ッ」

　言っているうちに想いが溢れて感情的になっていく。

　だってこういう話をすると彼は黙り込んでしまう。困った顔をするばかりで、自分の意見を言ってくれたことがなかった。想いだけが空回りしてしまう。

「あの、どうか泣かないでください。私はそんなに無理をしているように見えますか？」

　子供をあやすように抱きしめられて、マチルダは大きく頷く。

　キースは耳元で息をついていた。見れば先ほどまで不安定だった眼差しが、少しだけ元に戻っている。マチルダが感情的に色々問いかけるから、考えざるを得なくなったためかもしれなかった。

「ですがマチルダ様、感情に任せてあまり酷いことを言わないでください。他の誰かと言われて私は誰を想像すればいいのでしょう。難しいことを要求されるとどうしていいか分かりません。こんなふうに苦しくなるのも、愛しく思うのも、触れたいと思うのも、お世話をしたいと思うのも、最初から全てマチルダ様だけなのに……」

囁きながら少し怒った口調で彼はマチルダの指先に口づける。

マチルダはぽかんとして彼を見上げた。難しい要求を突きつけたつもりはなかったので、そんなふうに切り返されるとは考えもしなかった。何よりも、甲斐甲斐しく世話を焼くのは『マチルダだから』という彼の理屈を、今の今までマチルダはよく分かっていなかったのだ。

しかし、驚くマチルダを見つめながら、キースは次第に顔を曇らせていく。口づけた指を甘噛みして、彼は背に回した手にぐっと力を込めた。

「もし無理をしているように見えるなら、欲に溺れそうな自分を抑えていたのかもしれません。あなたの肌を知り、私はどんどん欲深くなりました」

「キースが、……欲？」

「そうです。私の頭の中なんて、本当はどうしようもないことばかりなんです。傍に寄り添い、一生尽くし続けるのが夢だったのに、それではもう満足出来ません。朝起きて、そのあどけない寝顔にさえ欲情してしまう。着替えを手伝いながら触れることばかりを考える。今日などは楽しげに笑う姿を見て、ベッドに引きずり込みたい衝動に駆られました。あなたが色々出来るようになるほど、いつか飛び立ってしまうのではと不安に駆られ、一日中でも身体を繋げていたいと考えたこともあります。いっそ私の手の中にいなければ生きていられなくなればいい。そんなふうに考えたことだって……。マチルダ様、あなたが思うやましいことなど、私の考えていることに比べれば可愛らしく思えるほどなんです」

キースは唇を歪め、苦々しく笑みを浮かべた。

その激しく欲情した顔は初めて見せるもので、マチルダは驚きを隠せない。いつも穏やかに微笑んでいる陰で、そんな感情を抱いていたなんて想像もしていなかった。

どう反応していいか分からず、マチルダは何度も唾を飲み込む。けれど、嫌だとか怖いとか、そういうふうに思うわけではなかった。びっくりはしたが、初めてまともにキースの気持ちを聞けた気がして、そんなに強く求められていると知って、何だかとても胸が熱くなっていた。

こんなふうになるのは変だろうか。だけどマチルダだって彼に欲情する。それでも自分本位にしたいわけじゃないのだ。心の中でいくら色々考えても、絶対にそうはしないと断言出来る。相手が好きだから欲深くはなるが、全てを押し付けたりはしない。キースなら尚更そうだと思う。だって彼はマチルダばかりを優先してきた人なのだから。

「い、一日中欲しがるのは駄目なこと？」

「それは…、限度というものがあるでしょう」

「限度ってどれくらい？　何時間とか何回とか目安はある？　キースしか知らないのに、そんなの分からないわ」

「私だってマチルダ様が初めてなんです。聞かれても答えようがありません」

「そ、うなの…？」

「……経験があった方がよかったでしょうか」

「だ、だめ！」

「……」

言い合っているうちに変な方向へ話が進み、二人とも無言になって見つめ合う。

気恥ずかしくなってモジモジしているとキースの顔が赤く染まっていく。そんな彼を可愛く感じて、マチルダは自分から彼にキスをした。

「私、それでも構わないわ。キースの近くに行けるなら、一歩も引き下がりたくないの」

「え…」

「だってお花の世話だって、お料理だって他のことだって、一緒にやればいつだって隣にいられる。傍にいたいから沢山のことを覚えたいと思ったの。見ているだけなんて嫌だったのよ」

「マチルダ様……」

「もし途中で触れたくなったなら、そうすればいいじゃない。キースならいいと思えるくらい、私だってあなたが好きよ？」

「……ッ、あなたという人は」

「だめ？」

問いかけながら首に腕を回して彼を抱きしめる。

肩口に擦り傷を見つけて、何気なくそこに口づけた。痛みが走ったのか、キースの身体に力が入る。

一体何があったのだろう。今なら聞けるかもしれないと思ったが、傷口に触れた途端キースの顔は強張り、マチルダの背中に回された腕が小さく震え出す。

しばしその横顔を見つめ、尚早だったと息をつく。もう一度血の滲んだ傷に唇を押し当て、痛くないよう軽く舌を這わせた。キースはじっとしているが、舐められる度にビクビクと身体が反応してしまうようだ。次第に頬が紅潮して息を弾ませていった。

しかし、そうするほど唇は血が滲むほど噛み締められ、腕の震えが大きくなっていく。

マチルダは彼の唇にそっとキスをする。睫毛が震え、キースの瞳が大きく揺らいだ。

「キース、あなたが好きよ。たとえ何があっても傍にいる。それだけは信じて」

「……何が、あっても？」

「不安なら、羽根なんてないけど、もぎ取ってしまってもいいわ」

「……ッ」

別に無理に聞きだそうというわけじゃない。

キースがここまで頑に口を閉ざすには、それなりの理由があるのだろう。これだけ必死なのは、何かを守ろうとしているのかもしれない。それくらいは想像出来る。だから一人で怯えないで欲しい。何があっても自分だけは味方でいるから。

徐々にキースの目の色が変わっていく。上を着ていないせいか、彼の体温が上昇していくのが鮮明に伝わった。途端に軋むほど抱きしめられ、激しく唇が重ねられる。

「っは、はぁ、はあ…、マチルダ様……ッ」

息を弾ませて見つめる瞳は獣のようで、それだけで捕らえられてしまいそう。

着替えたばかりだった服や下着は見る間に脱がされ、考える暇もなく裸に剝かれていく。

気づいた時にはソファの背もたれにしがみつき、後ろからキースに伸し掛かられていた。

「あ…っ!?」

肩甲骨に唇が押し当てられて、マチルダは小さく声を上げる。

そこばかりを何度も甘噛みされ、尖らせた舌先で執拗に突かれていた。

「ん、あう」

指先はマチルダの背筋をなぞり、ビクンと反応するとまた肩甲骨を甘噛みされる。

そうしているうちにキースの腕は前に回り、マチルダの胸を揉みしだいていく。中指と薬指の間で強弱をつけて乳首を刺激され、その繊細な動きに身を震わせながらソファにしがみつく腕に力を込めた。

「顔を見せてください」

「あ、んぅ」

腕を摑まれて、上半身を捩ると顔中にキスが降ってくる。

胸の先端を親指の腹で擦られ、それだけのことでも甘い声が出てしまう。顔中にキスをしていた唇は首筋に所有の印をつけていたが、指の動きを追いかけるように敏感な主張を始めた胸の頂きへ辿り着く。すぐさまキースの唇は尖った胸の蕾を包み、舌先で小刻みに転がしていった。

「あ、あっ、あっ」

唇での愛撫を丁寧に繰り返しながら、キースの指先は別の動きをしている。

おへそを弄ったり腰のくびれをなぞったり、身体中のあちこちを官能的に触っていく。

けれど上半身だけを捩らせたマチルダの身体はとても不安定だ。こんなに色々触られるとどこに集中したらいいのか分からず、バランスを取っている膝がぐらついてしまう。

それを知ってか知らずか、キースはくびれをなぞるのを止めてお尻から太股に向かって触り始める。脚の付け根にも時折指先を掠めさせるから、その度に身体の奥が切なくなっていった。

「キース、や、やあ…ッ」

堪らなくなってマチルダが涙を滲ませると、胸を弄んでいた舌が離れていく。

唇が瞼に寄せられて啄むようなキスを何度もされた。不安定な身体は前に向かされ、太股を弄んでいたキースの指が敏感な芽に触れる。いつの間にか両脚は大きく広げられていて、中指と薬指がずぶずぶと体内へ沈められていった。

「あぁ…ッん」

「凄く濡れています。……分かりますか?」

「あっ、あう、んん」

沈められた指が出たり入ったりしている様子を見せられ、急激に顔が熱くなる。

見え隠れするキースの指は淫らに濡れ光っていて、すごく恥ずかしいのに目を逸らせない。その光景に釘付けになっているマチルダに目を細め、キースは身を屈めて中心に舌を這わせ始めた。

「ああッ」

ぴちゃぴちゃと音を立ててソコを舐めながら、キースはマチルダの様子を窺っている。長い舌が指と同時に中に入れられ、ぞくぞくと身を震わせた。指は三本に増やされていっぱいだと思うのに、沢山の蜜にまみれているから動きはとてもスムーズだ。次第に強烈な快感が迫り上がり、気を抜くと達してしまいそうで、マチルダはぼろぼろと涙を零した。

「や、や、キース、キース…ッ」

「私の指と舌はいいですか？」

「んん、あ、はう」

「ちゃんと教えてください」

「っは、ああ…、い、いい…っ、いい、の……っ」

「良かった。沢山ココを擦ってあげますから、このまま達する姿を見せてください」

「あっ、やあ、あッ、あ、あ——ッ!!」

感じる場所ばかりを執拗に掻き回され、マチルダの身体は大きく跳ね上がる。

足のつま先に力が入って全身をガクガク震わせ、誘導されるまま呆気なく絶頂に達していた。キースが指を動かす度に断続的に痙攣して彼を締め付ける。その間も次々溢れ出す愛液が丹念に舐めとられていった。

「っは、はぁ、はあッ、あ、はあ…っ」

「すぐでしたね」

「あう、ん、キース…」

キースは身を起こすや否や、マチルダに噛み付くようなキスをする。

身体はソファに沈み、苦しいほど舌を絡めとられながら片足を持ち上げられた。ゆるゆると中を掻き回していた指は引き抜かれ、代わりにもっと熱く猛った塊が押し当てられる。

これ以上ないほど怒張したキースの先端はマチルダの入り口を何度か擦っていたが、やがて奥へ向かって力強く押し開いていった。

「ああッ！」

最奥まで貫かれ、マチルダは一際大きな嬌声を上げた。

今しがたの絶頂の余韻がまだ抜けていない。痙攣の止まらない身体は必要以上に彼を締め付ける。どこもかしこも敏感になってしまって、キースはまだ動いていないのに、呼吸をするだけで追い詰められていくようだった。

「マチルダ様、私にはあなただけです。あなたさえいればそれだけで……ッ」

「ん、キースッ、あ、あぁっ」

きつく抱きしめられ、耳元の甘い訴えに融かされていく。

すぐに始まった抽送に喉を反らし、首筋に這う彼の熱い舌に身を悶えさせた。

キースが触れる場所全てが淫らな熱を孕んでいく。唇や首や胸、摑まれた手首さえも熱い。苦しげに弾む息が肌を撫で、それだけのことでお腹の奥が熱くなり、彼を求めて自分から腰を揺らした。

「マチルダ様、マチルダ様…ッ」

「っは、あ、あ、好き、キース、あなたが好き…ッ」

うわ言のように繰り返し、快感に悶えながら固い胸板にしがみつく。

感じるところばかりを的確に擦られて目の前が霞む。キースの汗が額から流れ、マチルダの胸に零れ落ちていった。彼はそれを舌で舐めとり、肌に浮かんだ汗までも舐めとっていく。けれど汗の粒は胸どころか、全身に浮かんでいてきりがない。キースはマチルダの乳房を味わい尽くすと抱えた足にも舌を這わせ、その行為には終わりがなかった。

「ん、ああっ、そんなにしたら…、もう…っ」

「はあ…っ、はあッ、あ、はあ…ッ」

全身を舐め尽くされ、快感の他には何も感じられない。

再び訪れる絶頂感に内股をひくつかせてマチルダは肩で息を弾ませる。口づけられ、舌が絡み、苦しくてもがきながら彼の肩に爪を立てた。

「んぅ、ん、っふぁ、あ、ん…っ、ん――ッ!!」

全身を震わせながら襲い来る絶頂に声を上げ、逞しい腕に閉じ込められる。

激しい律動は尚も続き、更なる高みへと押し上げられていく。やがて彼の首に回した手が肌の震えを感じ取り、合わせた唇の隙間からキースのくぐもった喘ぎを聞いた。間を置いてマチルダの最奥で勢いよく精が弾ける。深く落とした腰から徐々に力が抜けていくのを感じ、彼も絶頂を迎えたのだと胸が熱くなった。

「あ…、は、……はあっ、はあっ、は、はあっ」

互いの乱れた息と燻った熱で、部屋の中は濃密な空気に包まれている。

マチルダはすっかり力の抜けた自分の身を全て彼に預けていた。

そのうちにキースの唇が瞼に頬に唇に降ってくる。気持ちよくてうっとりしていると、柔らかな眼差しで微笑を浮かべる彼と目が合った。

「最近…、密かな夢を抱くようになりました」

「……夢？」

彼は頷きながらマチルダを抱き上げる。

繋がりが解かれることのないまま彼を跨ぐ格好となり、中が擦れて身体を震わせた。達したばかりだというのにキースの高ぶりは収まっていない。これ以上されたらどうなってしまうのだろうと考えながら彼を見つめていた。

けれど、キースは激しく雨が降る窓の外に視線を向けた途端口を噤んでしまった。その先は教えてくれないのだろうかと首を傾げると、彼は目を伏せて唇を震わせ、掠れた声を絞り出した。

「遥か先、ずっと未来の話です。あなたが眠る傍らで、眠りにつけたらいいのにと……」

手の甲に口づけられ、翡翠の瞳が揺らめいていた。

それは互いに歳を重ねていった、その先を見据えた話だ。そんな先のことまで夢見ているという告白だ。

「あなたの望むような男になれるよう、一生をかけて努力します。だからどうか、ずっと傍にいさせてください…っ」

「そんなこと、私だって同じように思っているわ…ッ！」

堪らなくなって抱きしめ合い、何度も唇を合わせた。

彼の目には涙が浮かび、大きな粒がぽろぽろと零れ落ちて頬を伝った。何て切なくて愛おしい。その涙を唇で拭い、繰り返しているうちにまた身体が熱くなり、どちらからともなく快感を求め合う。

雨は一層激しさを増していく。風も強くなり、幾度も部屋の窓を叩いた。

「許してください…」

何に対する懺悔なのか、キースは何度かそう呟いていた。

そして、風が強くなる度に彼はマチルダを求め出す。何度も何度も、狂おしくなるほど彼の熱を受け止めた。

夜が明けて嵐が収まり、事切れたようにキースが眠りにつくまでずっと、マチルダはそうして彼を抱きしめ続けたのだった。

❀　❀　❀

——夢中でマチルダを求めた次の日、キースは朝焼けの眩しさに起こされてうっすらと目を開けた。

　雨が止み、日は差しているが、未だ風が強く吹いて窓を叩き続けている。その音に責め立てられ、キースは助けを求めるように柔肌に手を伸ばしかけ、すぐに動きを止めた。既にこの身がマチルダの腕に抱きしめられていたことに気づいたからだ。

「マチルダ様……」

　脱力して再びベッドに身を沈め、キースは髪の色と同じブロンドの長い睫毛に口づける。あれだけ何度も求められて疲れきっているだろうに、眠りに落ちた後までも彼女はこれほど慈悲深い愛情を示してくれる。これまで幾度となく肌を合わせてきたが、今ほどマチルダを近くに感じたことはなかった。

「やっぱりあなたはこんなにもキラキラしている」

　薔薇色の唇にキスを落とし、滑らかな頬に指を滑らせる。

　マチルダの腕を取り、キースはその腕ごと彼女を抱きしめ返した。そうして彼女の寝顔を見つめているうちに、自分の足がマチルダの命令に反して動いたのは何故だったのか、その答えを見つけた気がした。

「私は、生きねばならなかった」

この足が誇らしかった。従順に命令を聞ける素晴らしい足だと思っていた。しかし、それよりも優先すべき重要なことが、あの瞬間のキースにはあった。まるでマチルダの一部になれたようで嬉しかったけれど、それでどうして彼女を助けられるだろう。自分が自分になって初めて愛する人を守ることが出来るのだ。あなたは私の宝だ。他の誰にも穢させやしない。そう叫ぶ自身の心がこの足を動かした。

これからも二人で生きていきたかった。誰にもこの幸福を邪魔されたくなかった。あなたとの未来を夢に見始めたばかりだ。これから何年も何十年も傍に居続けることだけが願いの全てだ。そうしてあなたが天寿を全うするのを見届け、私はあなたの後を追いかける。だから一秒でも長くあなたより生きなければならない。その後はあなたの眠る傍らで、空気のようにそっと寄り添い続ける。私は永遠にあなたの傍にいたいだけだ。

──だが、ヴィンセントを見殺しにしたことは私だけの罪だ。

もしもあなたが彼の死を知ったなら、私が手を下したのではないかと疑うかもしれない。それならそれで構わない。あなたには何一つ背負わせたりしない。私はこれから先もずっと、あの岬での出来事を語るつもりはない。弁解もしない。あなたが想像したことなら、それを真実にしたっていい。

だからあなたの中で私が殺人者になり、この美しい瞳に少しでも怯えが宿ってしまった時には、何も言わずにこの手を離し、ランズベリーの地へとあなたを還そう。あなたを怯えさせる男など、傍にいてはいけないのだから。ヴィンセントのいない今なら、あなたはあの地で苦しむことなく生きていけるだろう。

そうして私は罰を受ける。どんな形でもいい。私はあなたをこの手で守れたなら、ただそれだけで嬉しい。たとえ地獄の業火に焼かれようと幸福だったと笑って言える。

「ああ、何て綺麗な人だろう……」

涙で滲んでいくマチルダの寝顔を見つめ、キースは小刻みに震えた息を漏らす。

本当に彼女を愛している。この感情に終わりは来ない。こんなに重い気持ちを持っているだなんてとても口には出来ないけれど、とても好きだということだけ彼女が知っていてくれたら幸せだ。

様々な覚悟を胸に抱き、キースは静かに瞼を閉じる。

朝陽が暖かい。窓を叩く風の音は、もう気にならなかった――。

終章

嵐が過ぎ、町は翌日からいつもの穏やかさを取り戻していた。

キースの様子も普段と変わりがなく、何事もなかったかのように穏やかだ。密かにそれを安堵したマチルダだったが、全てが元通りになったのかはよく分からなかった。

雨の中、彼がどこへ行っていたのか、怪我の理由も分からないままだ。けれど、敢えて蒸し返すつもりはなかった。いつか彼が自分から話す気になるまで待っていようと考えていたからだった。

そんな日々が過ぎ行き、嵐から一か月ほどが過ぎた時のことだ。

マチルダはいつもの如くアンジェリカの話に耳を傾けていたが、何気なく彼女が話した内容にかつてないほどの驚きを与えられることとなる。

「そういえば、岬で上がった遺体はキングスコート家の長子だったみたいね」

「えっ!?」

マチルダは飲んでいた紅茶を気管に詰まらせ激しく咽せた。

無邪気にマカロンを食べていたアンジェリカに背中をさすられて何とか息をついたが、言い出した本人はけろっとした顔をしている。だが、マチルダにとってそれは予期せぬ話だった。

アンジェリカの言う『岬で上がった遺体』とは、一月前の嵐の翌日、屋敷からほど近い岬で発見された水死体のことだ。しかし、それはマチルダも風の噂で耳にしただけで、今の今までほとんど忘れかけていたことだった。というのも、海の近くに住む者にとって嵐の後にそういう遺体が見つかるのは割とよくある話で、遺体には目立った外傷もなかったことから数ある水難事故の一つとして片付けられ、ほとんど騒ぎにならなかったからだ。

けれど、マチルダが驚いたのはそこではない。アンジェリカが口にした遺体の身元が耳を疑うものだったからだ。

「昨晩になって、いきなりお母様が家出をやめて帰ってきたと言ったでしょ。その話をたまたま出席したパーティで耳にしたみたいなんだけど、あまり広めないよう言われたらしいの。だけど家族ならいいだろうって思ったのね。お母様ったら、その足で帰ってきたのよ。噂好きなところがあるからウズウズしちゃったみたい」

彼女はどことなくソワソワした様子で、部屋の扉に目を向けながらマチルダに囁く。

どうやら久しぶりに戻った母が気になっているようだ。まだマチルダはアンジェリカの母に会えていないが、そのお陰で今日は屋敷の雰囲気がどことなく慌ただしい。

だが、今は岬での話が気になってそれどころではなかった。言っていることに間違いがないなら、大変な事態だと思ったからだ。

何故なら噂のキングスコート家とはマチルダの伯母が嫁いだ先であり、所謂親戚関係にあたる家系なのだ。しかもその家の長子といえば、マチルダにとって単なる従兄という間柄では済まない相手だった。

――キングスコート家の長子って、ヴィンセントのことじゃない……。

要するにアンジェリカの話は、屋敷からほど近い岬で亡くなった人物がヴィンセントだったとマチルダに教えることとなったのだ。

頭の中に嵐の日のキースが蘇り、マチルダは慌てて首を振る。ヴィンセントの死にキースが関わっているわけがない。怪我をして帰ってきたことも、様子がおかしかったことも全て偶然に決まっている。必死でそう自分に言い聞かせた。

「それでね。その亡くなった彼は事故ではなくて、本当は自殺だったみたい」

「――え？」

思いがけない言葉にマチルダは目を見開いた。

ヴィンセントが自殺？　頭の中でそのことがうまく結びつかない。少なくとも、マチルダが知っている彼はそういうことをする男ではなかったからだ。

「なんでも大変な借金があったんですって。婚約者の家の財産を当てにして相当遊んでいたみたいよ。保証人の署名を偽造までして婚約者に背負わせようとしていたんですって。

それだけじゃなく、城の宝物庫から貴重なものを盗み出してかなりの数を転売していたとか。極めつけには片っ端から手を付けていた侍女たちとの間の隠し子が何人も出てきたなんて話もあって、滅茶苦茶なことになっているらしいの。あまりの酷さに婚約者の家はカンカンに怒って結婚は破談。相手の家は貴族の中でもかなりの力を持っているから、下手をするとキングスコート家は潰されちゃうかもって噂されているみたい」

アンジェリカはそこまで一気に喋り、顔を紅潮させてハアハアと息を弾ませている。噂話が好きなのは彼女の母の影響だろうか。凄く生き生きしているように見えて、マチルダは圧倒されながら聞いていた。

「だけど話を聞く限り、とても自ら命を絶つような人には……」

「ところがよ！　その人、少し前から町中で人探しをしていたんですって。お母様の家出先について行った使用人が見たっていうの。犯罪者がどうって、要領を得ないことを言っていたみたい。それに、ちょっと気味が悪い男だったんですって。きっと自分自身が犯罪者と言われていることを受け入れられずに、おかしくなってしまったのね。貴族はプライドの塊だから心を病んだ末に身を投げたんだろうって、お母様がそう分析していたわ」

「……奥様が？」

「そう、お母様が」

大きく頷くアンジェリカを見て、マチルダは考え込む。

内容の全てが正しいとは思えない。話がどこかで前後している気もする。けれど町中での人探しや使用人が見たという下りが、どこかで聞いた話とやけに似ていた。

ふと海辺で出会ったいつかの婦人が頭に浮かぶ。流石にそんな偶然はないだろう。あの婦人は人のことをよく観察しているようだったし、マチルダとキースの関係も胸に突き刺さるくらい鋭い指摘をしてみせた。

だとしても、あの人がアンジェリカの母親なんてことは……。

「まあでも、お母様が帰ってきたのは、その話をしたかっただけではないのよ。意地を張って家出しているうちに、お父様がどんな誘惑に遭うか分からないって、そのパーティーで友人に言われたらしいの。浮気はしていないか、誘惑には遭わなかったか、それはもう朝までしつこく聞いていたみたい。お父様ったら本当にお母様に甘いのよ。何もないよ、大丈夫だからってずーっと話に付き合っているんですもの。今は二人とも疲れて眠って……」

と、そこまで言ったところで、アンジェリカは部屋の扉を振り返る。

よく分からないがマチルダもつられて扉に目を向けた。すると、パタパタと軽やかな足音が近づき、部屋の前で止まる。そして、アンジェリカが立ち上がるのと同時に、勢いよく扉が開かれたのだった。

「アンジェリカ、大変！　ショールをくれた彼が私に紅茶を淹れてくれたの!!」

そんなことを叫びながら、頬を染めた女性がいきなり部屋に飛び込んでくる。

面食らったマチルダは驚いて固まっていたが、アンジェリカの方は動じる様子が全くない。僅かに首を傾げ、その女性に近づいていった。

「ショール？　ああ、お母様がお手紙に書いていた男の人って、キースのことだったのね。そういえば、うちの別荘って、あの岬から近かったっけ……」

「キース？　彼はキースというの？」

「ええ、そうよ」

「……ということは、彼が新しく入ったという執事なの？」

「そうよ。お母様がいない間、この家で起こったことはお手紙で報告していたでしょ。なぁに？　お母様ったら、そんなふうに笑って。絶対に気に入ると思ったのよ」

「それはだって……。あら？」

「あ、そうそう。紹介しなくちゃ。お母様、彼女がマチルダよ。噂以上に綺麗でしょ？」

「え、あなたがそうなの？」

アンジェリカの母はマチルダを見るなり目を丸くしている。

しかし、マチルダの方も今は同じような顔をしていたはずだ。

「マチルダです。あの…、ご挨拶が遅れて申し訳ありません……」

「それを言うなら私の方こそ……、って、え？　ええ!?　まあまああっ、何てことなの！　ということは、つまりはそういうことなのね!?」

何がそういうことかは知らないが、マチルダは勢いに押されて頷いてしまう。

夫人は「やっぱり！」と頬に手を当てて顔を赤らめ、何やら大仰に頷いている。けれど、彼女が納得している理由など今は気にしていられない。そんなことよりも、夫人の正体がマチルダにとってはあまりに衝撃的すぎた。

まさか海辺の婦人が、本当にアンジェリカのお母様だったなんて……。

つい先ほど頭を過ったばかりとはいえ、目を疑うとはまさにこのことだった。

「ああ、どうしましょう。私ったら何て失礼なことを言ってしまったのかしら」

「奥様？」

「私、あの時、キースのことを〝御付きの男性〟なんて言ってしまって」

「まあ、お母様。それはとても失礼よ！」

「そうよね。謝らなくちゃ。まさか彼がマチルダの旦那様だったなんて……」

「えっ⁉」

「あっ⁉」

夫人は慌てて口を手で押さえている。

しかし、聞いてしまった後ではもう遅い。どうして夫人がそれを知っているのだろう。

アンジェリカには最初の日に打ち明けたが、相手が誰かは言っていない。一体どこから話が漏れてしまったのかと僅かに緊張が走った。

「お、お母様、それは秘密だってお手紙に書いたでしょ！」

「いやだわ、ごめんなさい。私ったら、気が動転して余計なことを」

「あの、どうして二人がそのことを知っているんですか？」

「……っ！」

マチルダの問いかけに二人はハッと息をひそめている。

二人が誰から何を聞いたのか分からず、不安が募り胸を押さえた。

「……キ、キースから、聞いたの」

「キースが!?」

「やだぁ、秘密ですからねって念を押されていたのにどうしよう。でもでも、お母様以外には誰にも喋ってないからね。ほんとよ？」

「……」

「ご、ごめんなさい」

アンジェリカは所在無さげに俯く。

秘密と言われたのに、母に教えてしまったことが後ろめたいようだ。きっと軽い気持ちで手紙に書いただけなのだろう。けれど、マチルダが約束したことではないので謝罪されても反応に困ってしまう。

しかし、考えてみるとアンジェリカはキースが部屋に訪れた後、ひとしきり笑ってマチルダに抱きつき、足をジタバタさせるといったおかしな動きをよくしていた。不思議なじゃれかただと思いながらも、きっとキースが好きなのだろうと思っていたのだが、どうやらそうではなかったらしい。あれは知っているのに言えないというジレンマによる行動だったのだ。

「ねぇ、マチルダ。キースとの関係はあなたにとって秘密にしたいこと？」

「え、まさかそんなことは」

「そうよね。私だったら会う人皆に自慢してしまうわ」

「うふふ、お母様ったらね、キースのことを何度も手紙に書くのよ。『ショールをくれた彼』で通じちゃうくらいに。それほど嬉しい出来事だったみたい」

「だってあんなふうにさり気なく優しく出来る人ってなかなかいないわ。若い子相手ならともかく！　私なんてクライヴに放っておかれていた女なのに!!」

クライヴは未だ誤解を解いていないらしく、夫人は力いっぱいキースを誉め称える。

あの海辺の出来事を夫人がそんなに喜んでいたなんて……。

マチルダは妙に感心しながらも、今の夫人の言葉に大きく心が揺れていた。本音を言えば、自分たちのことを誰にでも言って回りたいに決まっている。

それが出来ないのは、二人の関係が許されないという現実があるせいだ。

父の考えは多少なりとも変化しただろう。しかし、キースがマチルダを連れて逃げたことを許される保証がどこにある？　ヴィンセントとの婚約が立ち消えになったからといって、ランズベリー家がキースとの関係を認める理由にはならないのだ。

――何があっても帰らないって、私はジョディやアーサーと約束したのよ。

全て腹を括ったからこそ今がある。マチルダはキースと生きることを選んだのだ。そう出来ない人生など、今はもう考えもつかない。

「ところでマチルダ。私、考えたのだけど」

一人唇を噛み締めていると、夫人に顔を覗き込まれる。

夫人はとても優しい目をしていて、何故だか吸い込まれそうになってしまう。

「やっぱり式は挙げるべきだと思うの。エドワーズ家が後見人になるというのはどうかしら？」

「え？」

「その…、わけあって式を挙げていないとアンジェリカから聞いたわ。キースが甲斐甲斐しくあなたに尽くす様子があまりにも自然だったことを思えば、二人に難しい問題があることくらい私でも想像がつく。……それにね、クライヴが密かにマチルダのことを心配していたの。あなたが私たちの馴れ初めに強い興味を持っているのが気になる。もしかしたら、私たちと似た事情を抱えているかもしれないって。力になってあげたいけれど、何か良いアイデアはないかって手紙で問いかけられていたの」

「……っ」

「大丈夫よ。無理に聞いたりしないわ。言えないなら言わなくてもいいの。だけどこれだけは知っていて。アンジェリカがね、あなたを大好きなのよ。一生付き合っていきたい友人が出来たと言ったの。ねぇ、マチルダ。分かる？　私にはそれだけで充分あなたたちを応援する理由になるのよ」

「奥様……」

予想だにしない言葉にマチルダは驚き、アンジェリカに目を向ける。彼女はとても照れた様子で夫人にしがみついて、「何で言うのよ～っ」とジタバタしていた。

一生付き合っていきたい友人…。その言葉が胸を打ち、大粒の涙が零れ落ちる。

アンジェリカの温かさにこうして癒やされるのは、もう何度目だろう。身元も明かせずにいるのに、彼女がそんなふうに想ってくれていただなんて……。

だけど、本当はマチルダも同じように思っていた。出来ることなら、ずっとこの場所で生きていきたい。年が離れたこの楽しい友人と、彼女の素敵な家族の会話をいつまでも聞き続けていたい。そして、もっとこの町を好きになれたらいいと――。

「あらあら困ったわ。泣かせるつもりじゃなかったのよ」

「だって奥様、私、私…っ」

「うふふ。本当に可愛い人。そんなに泣いちゃって、今日はもう帰って休んだ方がよさそうね。その代わりと言ってはなんだけど、今言ったことをじっくり考えてくれる？　絶対に悪いようにはしないわ。内輪で小さな式を挙げる方法だってあるんだから」

「はい…っ」

零れ落ちる涙を夫人に拭われ、マチルダは柔らかな腕に抱きしめられた。

とても優しい温もりだ。どれだけのことが夫人には見えているのだろう。彼女だって身分差で苦しめられた人だ。だからこそ味方になろうとしてくれているのかもしれなかった。

その心強さに感謝し、マチルダは気を抜くと溢れてしまう涙を堪えてアンジェリカの部屋を出ていく。階下ではクライヴと笑顔で話を交わすキースの姿があった。すっかり気に入られ、今では毎日でも来て欲しいと請われるほどだと聞いている。

マチルダはそんな彼の姿を目で追いながら、じんわりと手に汗を滲ませた。こんなにも胸が躍る話を聞いた後なのに、嵐の日のキースがどうしても頭の隅に過ってしまう。

このままではいけない。マチルダは拳を握りしめてエドワーズ家を後にする。

珍しくまだ日が高いこともあって、馬車を断り町中を散歩して帰ることにした。頭の中では様々な考えが渦巻いていて、気持ちに整理をつけたかったからだ。

❀　❀　❀

その後、マチルダは町中をあちこち見ながら、ぶらぶらと歩き回っていた。

巨大というほどでもないが、この町はそこそこ流通も発達して鄙びた雰囲気もなく、とても住みやすい場所だ。綺麗に整備された石畳、通りには様々な店が建ち並ぶ。人の笑顔は明るく、パンを売る店、野菜や魚や肉を売る店。染め物や金細工、鍛冶などの様々な腕利きの職人もいる。

美味しそうなパンの匂いにお腹が鳴り、マチルダはクスクスと笑いを零す。こうして一人で町を歩くのは初めてだ。見ているのが楽しくて、気持ちに整理をつけるどころか様々な店の前で立ち止まってばかりだった。

そんな活気を進む中で、マチルダはパン屋の向こうに立つ花売りにふと目を止めた。頭に浮かんだのは、嵐の日にキースが持ち帰った白い花だった。

彼は一人で出かけるといつも花をくれる。あの日もそうだった。今まで深く考えたことはなかったが、あれにはどんな意味が込められているのだろう。

ところが、マチルダがそのような考えを巡らせていた時だった。通りの向こうから凄い速さで馬車がやってきて、すぐ傍で止まった。

勢いよく扉が開く様子に驚き、マチルダは思わず立ち止まる。慌ただしさに眉をひそめたのも束の間、マチルダは中から飛び出してきた男にいきなり腕を摑まれていた。

「一人でどこへ行くつもりですか!?」

「え？」

突然腕の中に閉じ込められ、聞き覚えのある声にすぐさま顔を上げる。

間近で少し怒った顔をしているのは、エドワーズ家にいるはずのキースだった。

「キース!?　どうしてここに」

「あなたはご自分がどのような目で人に見られているか全く分かっていない。見てください。物陰に立つあの男性を！　彼はあなたに声をかけようとついてきていたのですよ!?」

キースがそう指差すので物陰を見たが、そこには誰もいない。本当にそんな人がいたのだろうかと疑いつつも、勢いに押されるまま馬車に乗り込もうとした。

が、マチルダは寸前で足を止めて、ぱっと振り返った。

「キース、少し待っていて」

「えっ」

マチルダはキースから離れて軽快な足取りで駆け出した。

そう大したことではない。お腹が空いてしまったので、そこで売られているパンを買って帰ろうと思っただけだ。家にもあることは知っているが、売り場に置かれているものは特別美味しそうに感じられた。

「あ、そうだわ。もう一つ買いたいものがあるの」

追いかけてきたキースが戸惑う横でさっさと会計を済ませ、マチルダはきょろきょろと周囲を見渡す。

目的のものを見つけ、再び駆け出すのを彼は困惑した面持ちで追いかけてきた。

「はい、これをあなたに」

「え…」

そして、少し驚きながらも目を細めてそれを受け取るキースを見て、今まで彼がどんな想いを込めて花をくれたのか、やっと分かった気がした。

ああ、これは愛の告白だったのね。

喜ぶ顔は想いを受け取ってもらえたようで、こんなにも幸せだ。だからきっと嵐の日にくれたあの花にも、それだけの意味しかない。いつもいつも、言葉以外の方法でも愛を示していただけだ。あなたが好きだと、彼はただそれを伝えていただけのこと。

ならばいつかキースと式を挙げたら、こうして花を交換し合おう。

一人想像して笑顔を浮かべる。先ほどエドワーズ家で夫人に式を挙げる提案をされたことが、マチルダにそんな夢を見させていた。

二人の様子を見ていた通りすがりの人々に囃し立てられ、彼は顔を赤くしている。少し盛り上がると便乗した盛り上げ役が何人も出てくるほど、この町は陽気な人が多い。そんな人々に煽られてマチルダも少しだけ開放的な気分になっていった。

「素敵でしょう？　彼は私の最愛の人なんです」

「――ッ!?」

囃し立てる人々に笑顔で言うと、キースは耳まで赤くして俯いてしまう。

何故か大きな拍手が起こり、しがみつきたい衝動を抑えて彼の手を握りしめた。

こんな話、皆すぐに忘れてしまうだろう。だけどそれでいい。マチルダは溢れ出そうなこの気持ちを誰かに聞いて欲しかっただけだ。

「帰りましょう」

「……はい」

小さく頷くキースと共に今度こそ馬車に乗り込む。

雑踏は遠ざかり、馬車の揺れに合わせてマチルダはキースの肩にそっと頬を寄せた。

彼の顔はまだ赤い。繋いだ手も汗ばんでいる。

こんなことで動揺してしまう彼が愛しくて大切で堪らなかった。

❀　❀　❀

屋敷につくなりキースは上着を脱ぎ、ぎくしゃくした様子で裏庭へ行ってしまった。

マチルダはさり気なくそれを片付けてから彼の後を追いかける。キースはシャツの袖を捲った手でジョウロを持ち、花壇の花に水をあげていた。気配に気づいてか、その背中は照れているようだった。

隣に並んで一緒にそれらの花を眺める。嵐の日に彼が摘んできた白い花も、その一角に植えられていた。

「ところで、キースも帰りが早かったのはどうして？」

「それは…、アンジェリカ様の計らいです。マチルダ様を追いかけて一緒に帰ってはどうかと勧められたので」

「アンジェリカが？　まさか気をきかせて、とか？」

「……知っているのですか？」

「色々あって、今日聞いたのよ」

そう答えるとキースはばつの悪そうな顔で目を逸らす。何の断りもなくアンジェリカに打ち明けたことを、どう説明しようか迷っているといった様子だった。

「私たちのこと、いつアンジェリカに打ち明けたの？」

「……屋敷で働くようになって、一月ほど経った頃だったかと」

「そんなに前から!?」

マチルダは驚いて声が裏返ってしまう。

袖を引っ張って説明を促すと、彼は頷き、躊躇いながら事の成り行きを話してくれた。

「――アンジェリカ様は最初、私が一方的にマチルダ様を慕っていると思っていたようでした。どうやら私は頻繁にあなたを見ているらしく、既に夫がいる身だから諦めた方がいいとある日突然注意をされたんです」

「そんな指摘をされるほど見ていたの？」

「さあ、意識したことがないので……。もしかしたら、アンジェリカ様が鋭いだけかもしれません」

「確かにそうね。彼女は妙に観察力があるもの」

「ええ。なので、その時に打ち明けてしまったんです。彼女には、そこまでひた隠しにする必要もないかと思いまして」

キースはジョウロの水を半分ほど残して手を止める。

二人の関係を打ち明けずにエドワーズ家で働こうと決めたのは彼の方だ。そんな彼にどんな心境の変化があったのだろう。不思議に思いながらジョウロから滴る水滴を眺めていると、キースは自分からその理由を語り出した。

「何かと心強い味方になってくれる予感がしたんです。マチルダ様のことを打算なく慕っているのが伝わってきましたし…。実際、今日は何をした、どのような話をしたと、他愛ないことでも嬉々とした様子で自主的に報告いただくこともありました。そこでマチルダ様が旦那様と奥様の関係にとても興味を持たれていると知り、私たちの関係と重ね合わせているることに気づいたりもしました。それが分かってもあなたが興味を持っていると思うだけで嫉妬が抑えられないのですから、私は本当にどうしようもない男です…」

「そんなことないわ。沢山心配をかけてしまったのね。つい聞き入ってしまうことが多いからと言って、配慮が足りなかったのだと思うわ。私だってキースが他の女性と話しているとやきもきしてしまうのに……」

「そうなのですか?」

驚くキースにマチルダは苦笑を浮かべて頷く。

そういえばこういうことを打ち明けたのは初めてかもしれない。彼はまた少し顔を赤くして、それ以上は何も言わずに再び花に水をやり始めた。

そんな姿をしばし目で追いかけ、マチルダはひっそりと植えられた白い花に目を移す。

キースは穏やかに笑っている。何一つ変わりがない日々だった。

しかし、今日はどうしても嵐の日の彼が頭にちらつく。岬で打ち上げられた遺体のことをアンジェリカから聞いてしまって、考えずにいろという方が無理だった。

だって、あの時のキースの涙が幻であるはずがない。怯えた彼を抱きしめたことを、この腕はちゃんと覚えている。

――私は知らない振りなど出来ない。キースと同じ方向を歩いていくと決めたのよ。

マチルダは決意を固め、大きく息を吸い込んだ。

「……ヴィンセントは私を追ってこの町に来ていたのね」

僅かに息を呑む音が聞こえ、彼の横顔を見上げる。

その眼差しは白い花だけに向けられていたが、構わず話を続けた。

「今の私を連れ戻したって元通りになんてなるわけがないのに……。皮肉なものだけど、彼の考えは何となく想像出来るわ。だって悪知恵はよく働く人だった。たとえ一部であろうと、ランズベリーを手に入れるためにどんな手でも使うつもりだったのね。……だけど、私を取り戻すには――」

そこまで話すと語尾を濁して、マチルダはその場にしゃがみ込む。

以前のヴィンセントとのやりとりが頭に浮かび、ぞわっと背筋が粟立った。マチルダを暴行しようとしたこと、寸前のところでキースの返り討ちに遭ったこと、そして自分に都合の悪い部分を揉み消すためにキースの処刑を父に願い出たこと。

今思い出しても最悪な気分だ。ヴィンセントは部屋に閉じ込められた状態でいたマチルダを訪れ、キースが邪魔だったからちょうどよかったと笑い、マチルダの傍付きを解消させた元凶が彼だったこともそこで打ち明けられた。

常にマチルダの傍で目を光らせ、一切の手出しを許さない男。

ヴィンセントはキースが邪魔で仕方なかったのだ。キースがいる限り、マチルダを連れ戻せるわけがないと考えたのは想像に難くない。

ならば嵐の日には何が起こった？

考えるまでもないことだ。マチルダはあの日、動けないキースを置いて家を空けた。機会を窺っていたヴィンセントにとって、これほどの好機はなかっただろう。おまけに足が動かずほとんど抵抗されないことは、天に感謝するほどの幸運だったはずだ。

初めは隙をついてその場で手を下すつもりでいたのかもしれない。けれど、その計画はすぐに変更された。ヴィンセントが見つかったのは岬だ。そこでキースを殺そうとしたからだろう。

マチルダの心臓が大きく鳴り響く。キースの背中の至るところについた擦り傷。あれは引きずられた痕のようでもあった。

「動けないキースは……、ほとんど抵抗出来なかった。だけど、あなたは私のところに戻ろうと必死でもがいて……」

しばしの沈黙の後、掠れた声で呟きながらキースを見上げる。

彼はその視線に気づき、しゃがみ込むマチルダの隣に腰を落とした。知らずに流れていた涙をそっと拭い取られるさなか、静かな眼差しに変化は見られなかった。

触れる手は切ないほど優しい。昔から何一つ変わらない大好きな温もりだ。だからマチルダはそのことだけで分かってしまった。

「キースはもがいて、それで…、命からがら戻ってきたの。だけど、それだけよ。ヴィンセントが岬から落ちたのは偶発的な事故だったんだもの」

彼の手を握りしめ、マチルダはそう言い放った。

これは確信だった。理屈では説明出来ない。誰よりも傍で見てきたからこそ分かることがあるのだ。

だってこの手で何かをしていたなら、彼が私に触れられるわけがない。こんなに綺麗な眼差しでいられるわけがないだろう。それ以外の答えなどマチルダにはどうしても見つからなかった。

「……あの日は、花を摘みに出かけただけですよ」

黙って耳を傾けていたキースは、やがてそう呟く。

けれど微かに震える唇が全てを物語っていた。ここから見える穏やかな海に向けられた翡翠の瞳が、いつもより潤んでいたことに気づいてしまった。

キースは頑に真実を語らない。しかし、そんな彼の気持ちくらい、マチルダには痛いほど伝わっていた。

見殺しにしたことを彼は責め続けている。だけど、そうすることで私を守ってくれたのでしょう？　口を噤むことで、二人の関係を懸命に守っているんでしょう？

「そうね……。知っているわ。キースはこの花を摘みに行っただけだって」

彼の苦しいほどの感情に声を震わせ、マチルダは小さく頷いた。

その答えに彼の息が少しだけ乱れる。こんな反応を返すだなんて想像もしていなかったのかもしれない。揺らめく瞳は泣き出しそうで、ジョウロを握る彼の指先にはあらん限りの力が込められていた。

マチルダはその横顔をじっと見つめていたが、ふいと顔を逸らして立ち上がる。

この先、自分たちがこの話をすることは二度とないだろう。だからと言って、何かをしようという気は少しもなかった。キースが懸命に守っているものを壊したりしない。それはマチルダにとっても大切なものだからだ。絶対に誰にもそんなことをさせやしない。

——知らないでしょう。私もあなたを守るためなら、何だって出来てしまうのよ。

大きく伸びをして空気を吸い込み、マチルダは頬に零れた残りの涙を拭いながらオークの木の前に立った。懐かしさに目を細めて手のひらを押し当てる。ランズベリーの庭にあったものと同じくらい立派な木。辛い想い出だったはずなのに、いつの間にか違うものに変化していたようだった。

「ねぇキース、私たちに子供が出来たら、ここが一番の遊び場になりそうね」

そう言って振り向くと、彼はびっくりした様子で「えっ」と声を上げた。

マチルダはむっとして彼を睨む。キースが何故驚いているのか、いきなり振られた話に戸惑っているだけでは無いと分かったことが妙に腹立たしかった。

「あれだけ色々しておいて、子供はいらないとでもいうの!?」

「そ、そういうわけでは……っ」

キースは青ざめ、慌てて首を横に振った。

もちろん彼がそんな考えを持っているわけではないことは分かっている。だけど、キースの頭はこの期に及んで未だそういう具体的な未来を描けていない。式を挙げる話をしたら倒れてしまいそうだ。

それでは困る。もっと自覚を持ってもらわねば。マチルダだってキースに負けないくらいの夢を持っているのだから。

「私は決めているのよ。子供たちと庭の芝生に寝転んで皆でゴロゴロするんだから！」

「は、はあ…」

「そこで色々な話をするの。今日は何を食べよう？　お母様は下手だからお父様が作ってよ。そんなこと言わないで、これでも頑張っているのに…。私がそう拗ねるとキースが提案をするの。だったら皆で作りましょうか。子供たちは笑顔で答えるわ。うん、それがきっと一番美味しいね。じゃあ皆で作ろうよ。そうやって毎日が賑やかに過ぎていくの。子供たちの成長を見守って、私たちは少しずつ年を重ねていくわ。深く皺《しわ》が刻まれていっても、腰が曲がっても、繋いだ手の先には必ずあなたがいるのよ」

最後まで一気に言い放ち、マチルダは大きく息をつく。

言っているうちに興奮してしまい、無意識でキースの手を摑んでいた。こんなこと、考えるに決まっている。彼にも考えて欲しいに決まっている。

キースは耳まで真っ赤にして、自分の顔を手で押さえていた。それではどんな顔をしているのか見えないではないか。マチルダはその手を摑み取り、激しく狼狽えるキースの顔を覗き込んだ。

「必ず、あなたがいるの！」

念を押して言うと、キースの肩がぴくんと揺れた。

「素敵な夢でしょう？　実現させたいでしょう？」

「…はい」

半ば強制的に頷かせた気もしないではない。

しかし、今はそれでいいと思い直し、ガチガチに固まったキースの胸に抱きついた。

「ねぇ、キース」

「はい…」

「いい加減、マチルダと呼び捨ててはくれないの？」

「……っ」

呼んで欲しいとねだるが、キースは目を泳がせるばかりで答えない。

一度だけマチルダをぎゅうっと抱きしめ、それで油断させたつもりか、ぱっと身体を離して背を向けようとしたので、逃すまいと彼のシャツを摑んでやった。

「し、食事の準備を……」

「キース」

「……、…ゆ、ゆっくりでお願いします」

もう目一杯ですとその目が訴えている。

その様子が可愛くて思わず笑ってしまった。そそくさと屋敷に戻るのを追いかけ、マチルダも彼の隣で一緒に夕食を作る。

キースは真っ赤な顔で手早く調理を進めていく。ところが、味付けを間違ったのか、それとも味付けを忘れただけなのか、彼が担当したスープはほとんど無味のものが出来上がっていた。

彼は不味さに震えていたが、マチルダがそれを平気で口にするのでオロオロし始める。あんまり落ちつきがないので掬ったスープを彼の口にも運んであげると、現金にも慌てていた顔が見る間に緩んでいった。

「美味しい？」

「……はい、とても」

本当は少しも美味しくなかった。

けれど、互いの笑顔を見ていたいだけだったから、そんなことはどうでもよかった。

だから美味しいねと言って、二人とも顔を見合わせては笑い合っていた――。

あとがき

最後まで御覧いただき、ありがとうございました。作者の桜井《さくらい》さくやと申します。

本作でソーニャ文庫さんから出させていただく三作目の作品となりました。

今回のヒーローことキース。彼はどちらかと言えば控えめで、比較的まともそうというのが序盤の印象かと思いますが、徐々に壊れかけていく姿など、非常に書き甲斐《がい》のある人でした。長年の下僕根性が染み付いて消えず、時々おかしな言動を繰り広げるものの、マチルダを中心に世界が回っているからと考えれば分かりやすい人だと思っています。

マチルダの方はそんな彼を基本的に受け止めるスタンスですが、軌道修正が必要と判断した時はそれを試みる冷静さを持っているので、この先もそうして補完し合える二人でいられるのではないでしょうか。もちろん二人が抱える様々な秘密は決して小さなものではありませんが…。

最後にイラストを担当いただいた蜂不二子《はちふじこ》さん、編集のYさんをはじめとして、本作に関わっていただいたすべての方々に、この場をお借りして御礼を申し上げます。

それでは、ここまでお付き合いいただき、ありがとうございました。次の作品でも皆様とお会いすることが出来れば幸いです。

桜井さくや

Sonya
ソーニャ文庫

この本を読んでのご意見・ご感想をお待ちしております。

◆ あて先 ◆

〒101-0051
東京都千代田区神田神保町2-4-7 久月神田ビル7階
㈱イースト・プレス　ソーニャ文庫編集部
桜井さくや先生／蜂不二子先生

執事《しつじ》の狂愛《きょうあい》

2015年2月6日　第1刷発行

著　者　桜井《さくらい》さくや
イラスト　蜂不二子《はちふじこ》
装　丁　imagejack.inc
D T P　松井和彌
編　集　安本千恵子
営　業　雨宮吉雄、明田陽子
発行人　堅田浩二
発行所　株式会社イースト・プレス
〒101-0051
東京都千代田区神田神保町2-4-7 久月神田ビル8階
TEL 03-5213-4700　FAX 03-5213-4701
印刷所　中央精版印刷株式会社

ISBN 978-4-7816-9548-8
定価はカバーに表示してあります。